TTS新書

# 短編　ワシじじい

倉知　健

JN182343

東京図書出版

# 短編　ワシじじい ❖ 目次



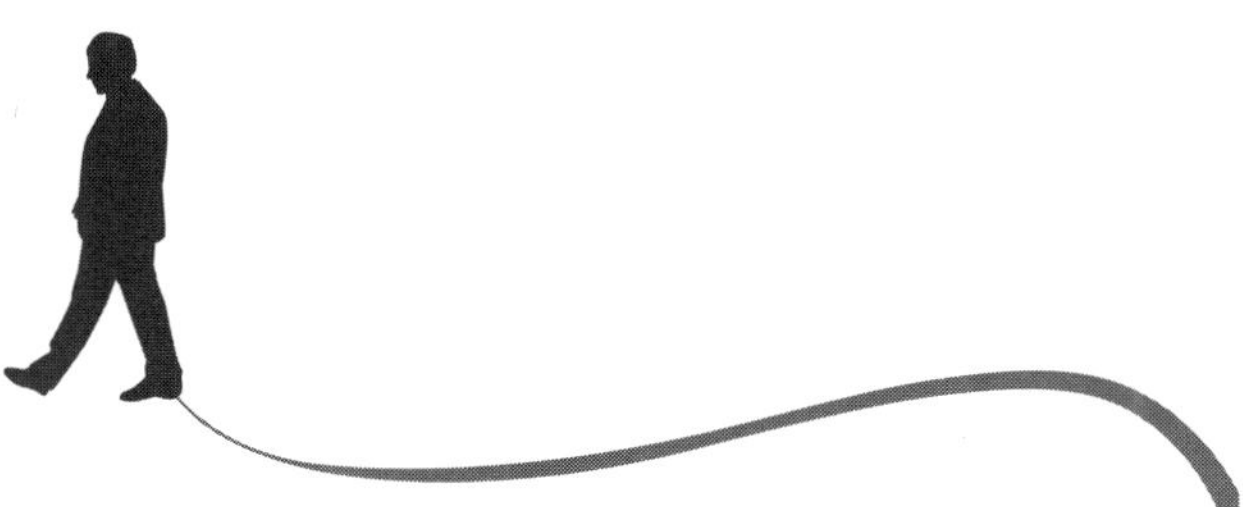

# 解決ワシじじい

ソファーに横になっていると、インターホンの音がした。

受話器を取って、

「はい」

と言うと、

「シュウヘイ」

と、声がした。ワシの名だ。

「待って」

2階から降りて、玄関を開けると、小学生ぐらいの男の子が立っていた。

すわっていたら、おかしいよね。失礼。

「用ですか」

男の子は上目づかいに、

「あの、刀《かたな》を作ってください」

と言う。

「竹の。……20センチぐらいだよ。鞘《さや》つきだな」

と言うと、

「ええ。それでいいです」

と答えた。

「それじゃ、10日ぐらいたったら、またおいで」

と言うと、男の子は帰って行った。

ワシはセールスマンじゃない、と怒りたいところだが、そこは人格者、こらえるのだ。

仕方なく外に出ると、また、牛歩の熊さんに会ってしまった。

熊さんは脳溢血で半身不随になって、家から、距離にして500メートルほどを、リハビリのために、1日2回、30分以上もかけて歩いている。実際は牛より遅い。

おまけに口は達者で、つかまると話が長いのだ。

どうしてワシは、熊さんと知り合ってしまったんだろう。

「運動、ご苦労さまです」

そう言って、深々《ふかぶか》とお辞儀をしてやると、熊さんも頭を下げたので、その隙《すき》に通り抜けてやりました。しめしめ。

ワシは行く所があるのです。

ワシはH市の在《ざい》、県道沿《ぞ》いの一戸建ての家に住んでいますが、これは失敗しました。かのように、家に子供が来るワ、熊さんなど知り合いができるワで、落ち着いて病気にもなっていられません。

いやワシは病人なのです。病院なんぞに行ってませんよ。そんなことしたら、治る病気も治らなくなりますから。

自分で治すんです。それが一番。

ほら、わが家から200メートルのアパートに熊さんが住んでますよ。

よく道で会うんです、あのじじいとは。

いいでしょ。ワシだってじじいなんだから。じじいって言ったって、いいでしょ。

おっと、家から600メートル、県道から傍《わき》に逸《そ》れた所に来ましたよ。

農家の西半分が、孟宗竹《もうそうだけ》の竹藪《たけやぶ》になっていて、道際《みちぎわ》は雌竹《めだけ》が垣根《かきね》のように植えてあり、この一角に、六畳一間、平屋建ての、古いバラックが在ります。

ここには、年齢80近い、骨粗鬆症《こつそしょうしょう》で腰の曲がった爺《じい》さんが、独りでいます。

「いるかい竹さん。また子供が来ちゃったよ。竹の刀が欲しいんだって」

「持って来たか」

この声が竹さんです。

「持って来ましたけどね。只《ただ》なんでしょ。なぜ、ワシが竹さんに、酒やらなくちゃならないのよ」

「それはオメエが金持ってるからだよ。子供はねえだろ。だからもらえねえ。あっ、梅酒だな。横着しやがって、ウイスキーがいいって言ってるだろうが」

「とりあえず、ワシが飲もうと思っていたやつを持って来たんです。また持って来ますから。それよりね。どうして竹さんの所へ直接子供は来ないんですか。ワシなんか関係ないのに」

「それはな。裏の坂の上にパン屋が在るだろう。あの飼い犬のエアデールテリアが、家《うち》に来るようになってからだ」

「そういえば居《い》た。前は鎖《くさり》でつないであったね」

「鎖も首輪もこわしちゃうんだ」

「悪い犬だな」

「いや、あのパン屋で、座敷犬《ざしきいぬ》を飼うようになってからだ。犬は嫉妬《しっと》するからな。それ以来、家《うち》に居着くようになっちゃったんだ。餌《えさ》はパン屋で食べて、家《うち》で水飲んでるよ」

「子供は」

「ああ、あいつは子供が嫌いらしくって、吠えて帰しちゃうんだ。咬《か》んだりはしないんだけど。様子を見ると、子犬の時に、子供にでも苛《いじ》められたんだろう」

「いや、何年も前、パン屋で見た時は、おとなしかったぞ。誰が行っても尻尾《しっぽ》振ってたけどね」

「営業してたんだろう」

「犬がか」

「今もほれ、台所の土間で寝ているよ」

「ほんとだ。いや、そうじゃない。この家に来れないのは、犬の所為《せい》だとしても、ワシの家に子供が来るのはなぜだ」

「オメエの人徳じゃねえのか」

「心にもないだろう。思ってないだろう。そうだ、それより、なぜ『シュウヘイ』ってワシの名を呼び付けにするんだ、子供たちは」

「オレは知らねえ」

「礼儀がないよ。家《うち》に来る子供は」

「そういやあ、テレビでこんな事言ってたよ。落語家のA太が、年寄りの漫才師のB子に意見されたって言うんだ。B子が言うには、Cの助という落語家は、A太より10も年が上なのに、A太はCの助の名を呼び付けにしているから改《あらた》めなさいって言われたけど、Cの助はA太と入門が同期だからいいんだと、A太は言うんだ。日本の伝統だって言うんだよ。どう思うかね」

「いけませんね。そうだ。O町に警視庁の警察官をしていた友達がいるけど、大卒で警察官になったら、高卒で年下の者に、名前を呼び付けにされて、こき使われたと言ってた。年下でも先輩のことは、さん付け、で呼ぶらしい。1日でも先に入った方が先輩になる、と警察学校から教育されるらしい。大相撲も同じだし、考えてみれば高校や大学でも浪人をした者は年上でも後輩になってしまう」

「日本の伝統かね、それが」

「そういうことになるんですかねえ」

「じゃあ、なぜ漫才のB子が、若いA太に意見したんだ。長幼の序はどうなんだ」

「それですよ。ワシも、まずは長幼の序だと思いますよ」

「言っとくけど、落語してるんじゃねえぞ。オメエ調べたくなっただろう。えー」

「竹さん、インターネットで調べてくださいよ。使えるんでしょ、その小さいの」

ここで竹さんの部屋を紹介しておこう。といっても一間《ひとま》だけど。

板敷きで何もない。ほとんどの物は、小さな納戸におさめてあるので、木の小さな机と、木の長椅子のようなソファーがあるだけだ。その机の上に、小型テレビと、携帯電話、タブレット（PC）がある。

ほとんどブラウジングしかやらないが、パソコンは使えるのだ。

「そんなの検索しても分からないよ。オメエ教養があるんだろう。図書館でも行って調べて来い」

「そりゃあワシは慶應大学を卒業しているからな、教養あるよ。通信教育課程だからね。すごいよ。じゃあ、行ってみるか」

ワシは板敷きの縁《ふち》に腰掛けていたが、立ち上がると、竹さんも木のソファーから立って、ワシにくれた水のコップを片付けた。

そう、パン屋の犬と扱いは同じだ。シンプルライフだね。

ワシは勉強家だから、疑問を持ったら解決せずにはおけないのだ。

帰り道も平和。熊さんもアパートに戻ったらしい。のんびりしよう。

先輩、後輩、日本の伝統か。

調べるのは明日にしよう。

だるいものね。ワシ病人だからね。

朝は早いよ。

ワシ真面目だから。

でも気節かね、5時に起きました。

家の前の歩道を掃きます。油断していると、犬に糞をさせて、片付けないで行ってしまう人間がいますからね。近頃だよ。

家の前どころじゃない。1階の駐車場に糞をさせて、そのまま行ってしまう人間もいたんだ。家の中だよ。住居侵入だ。

犬の糞は遺留品でしょうか。

ワシのように、毎朝、家の前を掃除する人間は、少なくなったよ。

昔はあたり前だったのにね。

ワシの家の向かいの家は、ババアがいるんだよ。これがある時、前の歩道にゴミを見つけたら、けとばして、街路樹の植え込みの中に入れてたんだ。

呆《あき》れるのは、ババアの孫もだよ。

20歳ぐらいの青年になって、勤めには出ているようだけど。ある日、わざわざ家の外に出て来て、タバコを吸っていたんだ。

見ていると、吸い終わったタバコの吸い殻を、自分の家の前の歩道に捨てて、家に入っちゃったよ。

ゴミ出しで顔を合わせても、亭主も嫁も、挨拶しないね。でも掃除ぐらいしてほしい。

ワシは、やってますよ。

しかしこれだけじゃないんだ。ワシの家から10メートルばかり離れた所は、ゴミの回収場所になっていて、週に2回、市の清掃車が、ゴミを回収して行くんだけど、カラス避《よ》けのネットを、市の作業員は片付けないで、歩道上に放置して行ってしまうんだ。

このネットを片付けるのが、ワシの役目になってしまったんだよ。見てられないから。

わずか1メートルか2メートルの歩道の際《わき》に、ネットを置く容器があるのに、市の清掃課の職員は、横着をして、ネットを歩道に捨てて行く。

カラスも油断がならない。ワシが目を光らしていないと、ネットを外してゴミ袋に穴を開けて、生ゴミを食い散らかす。

ゴミ出しの日には、カラスを追い払い、ネットを片付け、独り奮闘しなければならない。

身が持たないよワシ。

さて、わが家は県道に沿って、東面し、背は石垣にして塀もない、剝《む》き出しの小さな家ですが、その家の北側で、異変を発見しました。

北西の石垣の下に、10センチばかりの段ボールの燃え残りが、3片落ちていて、地面にある水道メーターのボックスの蓋が、開けたままになっていた。

放火未遂か。

ワシは、その状況をデジタルカメラに撮《と》ると、すぐ近くの交番に届け出た。

派出所には、管理人と称する女がいて、警察官が本署から来たら、連絡するので、家で待っていてほしいと言う。

交番に管理人とは何だろう。

頼りない警察ではないか。

ながい時間かかって警察官は来た。

驚いたことに車で来た。それも1名だ。

白と黒のツートンカラーは、パトカーと同じ色だが、すこし小さい。

普通のパトカーなら、2人は乗務する筈だが、交番専用車なのだろうか。果たして警察活動をする気があるのか懐疑的になった。

まず独りでもあり、大事な警察車両から離れることはできない。況《ま》して家《うち》の場合、県道沿《ぞ》いに在るから、路上駐車になってしまう。追突事故や、車の悪戯《いたずら》も気になる。

外勤警察活動は、自転車が一番なのだ。

ワシはデジタルカメラの映像を見せ、また状況を再現して説明し、昨夜8時過ぎに、大きな金属音がした事を思い出して、それが水道メーターのボックスを開けた音ではないかと制服警察官に伝えた。

さらに不審者として、思い付く人物がいる事を話した。

それは、もう6年にわたって、ピンポンダッシュをしている少女の事だった。

ピンポンダッシュというのは、インターホンを押しておいて、家人が出ると、逃げてしまって、誰もいない、という悪戯《いたずら》で、子供がよくやることだ。

でも、被害者の方は、深刻にダメージを受ける。それを考えたら、気楽にやる悪戯《いたずら》ではない。

半年ほど経《た》つと、毎日やられるようになった。さらに4月が過ぎると、1日2回やるのだ。

ワシは必ずメモしておいた。

記録をすると、犯人が特定されてくる。

このピンポンダッシュの犯人が、1人だということも、記録から分かるのだ。

犯人は、学校の行き帰りにピンポンダッシュをしていた。インターホンの押し方も同一だった。

ワシはその時間に見張っていれば、犯人を捕まえることができる。

そう思っても、子供であろうピンポンダッシュ犯のために、わざわざ見張るなどという行為がバカバカしかった。

他人に嫌がらせをして喜ぶ子供を見るのも嫌だった。

またワシは闘病中の身で、つまらない事に関わりたくもなかった。

昔は痴漢で逮捕されるという事は、聞いたこともなかったが、今では、悪意のある女によって、痴漢でもないのに逮捕され、証拠もなしに犯罪者にされてしまう事件が起こっているではないか。

君子は危うきに近寄らず、と思っていたが、ピンポンダッシュはエスカレートして、放置できない状態になっていた。

それでも、まだワシは、犯人が見たくなかった。子供とはいえ、悪事をしている姿を見たくなかったのだ。

そして、朝8時過ぎ、インターホンの音がした。

「はい」

誰も出ない。ピンポンダッシュだ。

ワシは、ゆっくり2階から降りて、家の外に出ると、20メートルほど先を、走っている学童が見えた。女の子だった。

男の子がやるもの、と思っていただけに、意外だった。

また当の女の子は、先を歩いていた女の子に追い付くと、何事もなかったかのように歩いた。後ろを振り向くこともなかった。

ピンポン娘《むすめ》が追い付いた、友人らしい少女は、ワシの家の2軒隣の娘だった。ということは、ピンポン娘は小学校2〜3年生か。

何度も言う。

ピンポンダッシュごとき行為でも、犯行者が考えるほど軽い悪戯《いたずら》ではない。被害者のダメージは大きいのだ。

これが、ワシのように善良な被害者ならば、加害者にとっては無事に終わってしまうかも知れないが、ワシが凶悪な人間だったら、変質者だったら、どうなるだろうか。

ワシは娘たちを追うように、小学校に向かった。

ピンポン娘たちは正門に入ったが、ワシは逸れて、運動場の方へ行った。

大勢の小学生が遊んでいる中に、先生らしい大人もいた。

ワシは運動場の外にいて、近くの子供に、先生を呼んでくれるよう頼んだ。

すると、女の先生と男の先生が2人来た。ワシは訳を話した。事を大袈裟《おおげさ》にしたくないので、犯人を指摘する気もない、できれば校長先生に、朝礼の時でも、ピンポンダッシュを止《や》めるよう話してもらえないかと言った。

先生は誠実にワシの頼みを受けてくれた。

その日、次の日と、ピンポンダッシュはなかった。

やれやれと思っていると、2日後の午後、またインターホンが鳴った。

「はい」と受話器に出ると、答えがない。

ピンポンダッシュだった。

玄関を出ると、1階の駐車場のコンクリートに、チョークで落書きがしてあった。インターホンにはセロテープが貼り付けてあった。どうもインターホンを鳴りっぱなしにするつもりだったのだろうが、インターホンは何時《いつ》ものように2回しか鳴らなかった。また家の壁面にもチョークで落書きがしてあった。

ワシはセロテープを剝がして、証拠品とした。

少女の心は、反省するどころか悪化している。最早人定《じんてい》するしかない。

翌朝、ワシは遠くからわが家を見張った。すると当の娘が、2軒隣の娘や他の学童と共に連れ立って、わが家の前を通ったが、ピンポンダッシュは行わなかった。

どうもひとりの時にやるようだ。

午後にも見張りをしていると、2時過ぎ、ピンポン娘がひとりで来た。小さい娘だ。やるか。

下を向いたまま、ピンポンダッシュはせずに通り過ぎた。ワシは後を付ける。

嫌なものだ。相手が子供でもあり、情《なさ》けなくなる。老人のすることではない。

扨《さて》こそ、わが家から200メートルほど行った、新しい家に入って行った。

鍵は掛かっていなかったが、少女は下を向いたまま、声もなく玄関を入った。

「ただいま」と、大きな声を出して家に帰るのが普通の子供だろう。それがない。

やはり家庭に問題があるのか。

Nという表札を確認した。

また翌朝も、見張るつもりで家を出ると、遅かったのか、ピンポン娘と鉢合わせになった。

ワシは老人、動揺もないが、ピンポン娘が、平然としていて驚く様子もなく、薄笑いさえしているではないか。小学校低学年の少女とは思えないしたたかさを見てしまった。

救《すく》いようもないのか、と思わされる場面だった。

ワシはまた小学校に向かった。

そして裏門で、登校する学童に声をかけている年配の男の先生に事情を話した。

その先生も、前の件を周知していたようで、真剣にワシの申し出を受けてくれた。

またピンポンダッシュが行われ、今度は家に落書きをしたり、インターホンにセロテープを貼るなど、悪質化したと、証拠品のセロテープを先生に渡して説明した。

さらに実行犯のNという名前と、登校友達で、わが家から2軒隣の娘Oは、NがピンポンダッシュをしているＯ事実を知っているので、否定できないように確認してほしいと告げた。これで言い逃れはできない。

その結果、効果はあったが、完全に止《や》めることはなかった。

その後も、半年に1度ぐらい、ピンポンダッシュをしていた。

本人はばれていないつもりだろうが、特徴は出るのだ。他にもさまざまな悪さをした。

最たることは、家の裏、つまり歩道の反対側の、家と石垣の間にある、クーラーの室外機の上に、鋸の刃やバールなど、泥棒の道具のような物を並べていったのだ。

まさに、泥棒が来たように、見せたかったんだろうが、長年のピンポン娘の動向から、この娘の仕業だろうと思料された。

例えば、ピンポンダッシュひとつにしても、N娘以外に、やられた事がないのだ。かつて夜中は1度もないし、そもそもピンポンダッシュは、N娘と共にはじまった事だった。

犯罪者はこういう事実を知るべきだろう。数多くの中の自分、そして犯行、と思っていると大間違いで、犯罪者の数は少なく、行動は目立っているのだ。

誰か見ている者がいる。

ワシは名前を出さずに、もう6年にもわたって悪戯をする虞犯《ぐはん》少女の事を、制服警察官に話し、この放火も、現在中学生ぐらいになる少女の犯行ではないかと思う旨《むね》告げた。

警察官の反応は鈍かった。

ワシの考えに興味もないようで、バイクの音はしなかったかと聞いただけだった。

肝心の被害届を取ろうとしないのだ。

警察官は、ワシにことわって、燃え殻の段ボールを持って行った。

それで仕事を果たしたように装っているつもりだろうが、警察官としての職務を果たしていない事を、ワシは承知して、見過ごしたのだ。

これを知ったら、当の警察官は、どう思うのだろうか。


ワシは気を取り直して、放火未遂事件があった事を、近所に知らせて回った。

すると牛歩の熊さんに会ったので、今度ばかりは詳しく話した。

「ピンポンダッシュは、見ましたよ。何度も」

「えっ、なぜ早く教えてくれないんです」

「だって、アンタ、わたしの話、聞かないじゃないですか。話そうとすると、行っちゃうんだもの。あの娘は、家が近いから知ってますけどね。中学生になって、学校の制服のスカートを、ひどく短くしたりして、悪くなってますよ。不良だ」

「放火の方は、どう思います、熊さんは」

「それは知らないけど、近くを歩いてみなさいよ。何か分かります、きっと」

「熊さん、若い時、警察官をしていたって聞いたんだけど、本当ですか」

「ウソですよ。竹さんでしょ、言ったのは。あの人は遊び人だから」

ワシはすぐ実行しました。地取り捜査です。といっても聞き込みはしません。だったら犯行地周辺地域の捜査ということで、土地鑑捜査ですかね。つい博学なものでワシ。家から約300メートルの田んぼ道で、段ボールを燃やした跡を発見しましたよ。まだ燃え残った段ボールもありました。

これですね。

ワシの推理では、ここの燃え残った段ボールを、持って行って、ワシの家に捨てたのではないかと思う。

ということは、少なくとも、ワシの家で、段ボールに火を点けたわけではない、ということになる。

それならば、ピンポン娘の罪は軽くなる。

そうあってほしいと、ワシは心から思う。

この件は解決した。

ワシは図書館に行きます。といっても4〜5日後《あと》ですよ。病人だものワシ。

H市の駅から約1キロの、同じ敷地内に、図書館と博物館が在る。そしてそれぞれ無料駐車場がある。しかし図書館の駐車場は狭いので、町に来る時は、博物館の駐車場をもっぱら利用している。無職だから、金ないよ。

博物館の駐車場は広くていいが、朝9時に開放される時は、なぜか制服の警備員が、車のナンバーを記録している。無視して問題ないんだが、利用者としては邪魔で、市の嫌がらせのように感じてしまう。

じじいのことですから許してチョンマゲ。

そして、この敷地内の半分は公園になっている。公園といっても楠《くす》の木など、大きな幹の木が生い茂った間《あいだ》に、ベンチが置かれたコーナーがいくつもあるのだ。

大人の公園という感じです。

ここにホームレスがいるんですよ。彼らはこの雰囲気を大切にしているのか、目立たないように段ボールハウスを作り、何よりも公園を綺麗にしているんです。

見ていると、それが分かるんですよ。

ワシは別に、ホームレスに同情するような人間ではないが、ここのホームレスには好意を持っていました。

そこで、たまにくれてやるんです。

え、上からですか。じゃ、プレゼントといえばいいの。ワシはくれてやるんだけど。

衣類は洗濯屋に出した物。無職だから、要《い》らなくなった腕時計、DVD、本など、いろいろやりましたよ。

売れば金になる物、ありがたいと思うほど高い物をくれてやりました。

ホームレスが、よく使っているベンチに、誰もいない時、そっと置いて行くのです。

子供の夢のような事だけど、ささやかながら、ワシが、今できる事です。

しんみりした？

そう。

ワシは図書館の3階に行くのだ。

難しい調べ物をするワシは、つい3階に来てしまう。3階は辞書類や専門書があって、大衆は来ない。難しいワシのような人間が、勉強に来る所になっている。

何か参考に、あっ、ありましたよ。警視庁史という非売品の、辞書のように大部《たいぶ》の本が5冊ありました。警察学校の事を調べれば、先輩後輩の哲学も分かるでしょう。でも。

今日は終わりだ、疲れた。病人だもの。5時間図書館で勉強しようと思ったけど、根性ないから、昼まで3時間を目標にします。

さあ、市役所の地下の食堂で、安い物でも食べようか。いや、駅ビルに行って、弁当でも買って、家で食べよう。だから帰ろう。

どっちだ。

ぐうたらですよワシは。闘病中だしね。

無理する必要ないから。いいでしょ。

図書館の道路向かいには、警察署が在るんです。だから、公園のすぐ近くは警察。

そういう場所に、ホームレスが居るんです。多くても10人ぐらいですか、分からない。

こういう環境は、彼らにとっては緊張感があるんでしょうが、安全性も高いんですよ。

ホームレスを攻撃する若者たちの事件なんて事、ここでは起きないですからね。

ワシ、このところ、ずっと彼らをモニターしているんですよ。

というのは、蔵書を整理しようと思って。

まだ1000冊以上はありますからね。

金銭欲のないワシは、古本屋に売るって事、したくないんです。

先日、ゴミの指定日に本を出したら、まだ1時間もしないうちに、粗方《あらかた》の本がなくなっていたんですよ。

持って行く者がいるんですね。

売れるってことですよね。

そこで考えましたワシ。あの公園のホームレスにでも、くれてやるか。

しかし今度は本の量が多いんですよ。金になりますからね。何万円にもなりますからね。それで慎重に、ホームレスのパーソナリティを見極《きわ》めてるんですよ。大金だから、ホント。

どうやら、ホームレスのボスがいるようなんです。そいつが、公園の秩序を作っているんですかねえ。

見事ですよ。朝からホームレスが、綺麗に公園を清掃しちゃうんです。また、段ボールハウスも、見えない所に作って在って、公園の景観を壊《こわ》すような事もないんです。

これは、彼らも考えてることですよ。

それを、ボスが指示しているのか、ワシ、見てるんです。


久し振りに竹さんを訪ねました。

刀を、ほら、子供にやらないとね、怒《おこ》られるでしょ。

「竹さん、ウイスキー持って来たよ」

「Eが入ってるだろうな」

これ分かります？

ウイスキーは、WHISKEYとWHISKYがあるんですね。WHISKEYはアイルランド産、WHISKYはスコットランド産だって、竹さんが。

竹さんは、アイルランド産でなきゃ、いやだって言うんですよ。

飲むんですよ、スコッチだって。

竹さん、意地《いじ》が汚《きたな》いし、意地が悪いでしょ。意地っ張りだしね。

「あっ残念、WHISKYスコッチでした」

「チキショウ、わざとだな。飲んでやるけど、次は承知しないぞ」

「図書館でね、警視庁史を読んでんですよ。難しいね、漢字。ワシのことだから全部漢和辞典で調べるでしょ。進まないすすまない」

「漢文直訳体なんだろ、悪文だ。生真面目《きまじめ》に読むことはないんだ」

「法律関係の内容だからねえ。でも、苦じゃないよ。そうだ竹さん。ホームレスのことは詳しいだろう」

「すこしはな。なぜだ」

「図書館の南にある、公園の、ホームレスのことなんだ」

「あそこは知らねえ。警察が近いからな」

「悪事をしてるからか。地捜《じさがし》だろう」

昔は、地捜《じさがし》という商売があった。

朝早く町を歩いて、前夜に道に落ちた物を、拾って回るのだ。

ワシは、仕事を辞めた当初、病気のことも分からず、リハビリと思って長距離散歩をしていた。その間、1日のうち2度3度と会う人物がいた。彼はすごい速さで自転車を走らせるのだ。どうも行動範囲が同じ地域なようで、毎日のように顔を見ることになった。

ワシは、その怪しげな風体《ふうてい》と行動から、密《ひそ》かに〝地捜《じさがし》じじい〟と呼んでいたが、そのじじいこそ、竹さんだったのだ。

そして、家の近くを、ぶらっと歩く、短い散歩コースの一つで、竹さんの家を発見してしまい、話をするようになって、竹さんの家に寄るようになった。もう十数年の付き合いになるが、まだ本名を知らない。

「バカ言え。オレはトレーニングをするんだ。若い時、競輪選手になろうと思ったこともあるんだ。H市のホームレスのほとんどは、駅前の地下道にいるだろう。あと海岸の松林の中に5～6人いるんだ。この松林の松ちゃんは知り合いだ。オレの名を出せば、話し相手ぐらいするんじゃないか」

「参考処理。今回は、図書館公園のホームレスに、ボスがいるようなんで、それを調べたくてね」

「それなら市役所の福祉課の職員をマークしていれば、分かるかも知れないぞ。ヤツらはホームレスと接触するからな」

「なるほど。さてと、子供の、竹の刀、できてる？　ワシ帰ろう」

図書館へは毎日通ったから、公園の方もよく見ておきましたよ。思いがけない死角が有るんですね。建物の傍《わき》で、植木に遮《さえぎ》られた、人目のつかない所に段ボールハウスは在って。感心しますよ。近くを人が通っても、そこだけは行かない所に作っているんですから。また、点々とあるベンチの、憩いのコーナー、その中に、もっぱらホームレスが使っているベンチがあるんですよ。

といっても独占するようなことはなく、人のいない時、使っているんですね。

そこで話してる女と男がいました。

女は40前後、男は60近いか。市の職員とホームレス、とワシは思いました。

これが、竹さんの言っていた、市役所の福祉課の女か。ホームレスの男は、こざっぱりとした格好で、場所が場所でなければ、とてもホームレスとは想像できません。

男は下を向き、女は一方的に話していました。

脱ホームレス、そして、就職活動。

そういう話をしていたんじゃないですか。

数日後の朝9時過ぎ、例のベンチに、先日女と話していた男がいて、かたわらに、自転車で来た男が、洋菓子を持参して、すすめていました。

ワシは、これをホームレスのボスと子分と知見しました。エライ。あたりに人はなく、頃も良し。

行きました。

「よお。ワシ、本が沢山あるんだけど、やろうか、欲しい？」

これだけの言葉ですが、何て言おうか、考えたんですよ。プライドについて。

ボスは驚いた様子も見せず、

「えっ。ああ、本は、私ら、捌《さば》けます。いただきます」

と言った。

人品卑しからざる風格があった。

「それじゃ、明日10時ごろ持って来るから。段ボール12箱あるから」

それだけ言って、ワシは去った。

翌日、車で持って行くと、ボスが待っていた。本を見ると、
「質がいいですね」
と誉《ほ》めてくれました。
これだけですよ。これ以上話しません。
善行を挙げたら、きりのないワシは、さりげない男なんです。自慢なんてしませんよ。
図書館は、月曜日が休みなんで、この日はブラブラするんですよ。
朝、2キロばかり先のスーパーまで、歩いて行きました。
普段は車なんですよ。気が向いたからね。
花木川《はなきがわ》沿いにある自転車道路兼《けん》遊歩道を歩いて行きました。
年寄り多いね。ワシ、足が遅くて、70代のババアに抜かれちゃうんだ。いやだよ。
歩いていると、年寄りが、向きになってワシを追い抜いて行くんだ。
ワシは獲物じゃないぞ。
だからワシは、自転車が置いてある所から、川の中州の方に、道を逸《そ》れて行ったんだ。
さも用事があるようにしてね。

だって、歩くのに、競走したくないでしょ。ワシに勝つと、ジジ、ババ、は得意そうにするんだもの。

中州は薄《すすき》がいっぱい。来るんじゃなかったね。

そうしたら、川岸から上がって来た男と顔が合っちゃったよ。

「おっ、竹さん、知ってる?」

思わず言っちゃったよ。得体の知れない人間に会うと、ワシ、竹さんの名を出すんだよ。

これが、利き目があるんだ。

「竹さんて、あの傴僂《せむし》の竹さんか?」

「せむしじゃないよ。骨粗鬆症《こつそしょうしょう》だよ。ワシ、竹さんの友達、紅谷修平《べにやしゅうへい》といいます」

「わたしは、海岸の、松《まつ》……」

「おお、知ってる。松《まつ》ちゃんか。竹さんから聞いてるよ」

「そうですか」

ざっとこんなものだ。竹さんは、意外と有名人で、悪く言う者はいない。

こうなると如才《じょさい》ないワシのことだ。

松ちゃんと、友達になってしまった。

海岸の松《まつ》こと松ちゃんは50代か。H市海岸の松林防風林に住むホームレスだ。

今日は鰻《うなぎ》の仕掛けを見に来たらしい。

実は、この花木川沿いに在る、特別養護老人ホームに、松林の仲間のホームレスが入っていて、そこに鰻の蒲焼《かばや》きをプレゼントする計画で、天然鰻を捕《と》っているのだと言う。

「50匹集めたいんだけど、三十数匹から先が、むずかしいんですよ」

「なぜ」

「生かしておかなきゃいけないからね。ストックしておくと、死んだりするんで」

「料理はできんの」

「わたしは板前だったんです。竹さんにもご馳走したんですよ」

「聞いてなかった。ワシにも、ご馳走していいよ」

松ちゃんは自転車で先に帰り、ワシは歩いて西海岸に行きました。

2キロ以上あるね。

松ちゃんは、自転車を近くの市営住宅の駐輪場に置いて、海岸道路で待っていました。

防風林の松林は、丈夫な金網のフェンスで囲ってあります。中には入れませんよ。入口は秘密。

恐いのは、夏の季節、暴走族など若者の集団だそうです。2年前には、夏の夜中、若者たちに襲撃されて、花火を住処《すみか》に投げ込まれ、死者が出たそうです。

他のブロックだったので、松ちゃんは助かったそうですが、フェンスの出入口は、秘密で厳重にしているそうです。ワシ教えてもらったけどね。人には言いませんよ。

フェンスの中は天国ですね。松林で密集した中心は空白地になっていました。小屋が3軒建っていました。元《もと》大工のホームレスが建てたそうで立派。現在は松ちゃん独りで使っているそうですよ。住民募集をしているんだけど、恐がって、敬遠されてしまうんです。

物騒だから、松ちゃん、犬を飼ってます。バセンジーというアフリカ原産の、吠えないことで有名な犬種です。利口でね、松ちゃんも安心していられるんです。

意外に静かで、また何でもあるんです。バッテリーがあるから電気も点くし、テレビも見られる。プロパンガスで料理もできる。水もタンクにたっぷりある。不自由ないです。

サーロインステーキ、そうビーフ、そしてドライカレーに野菜サラダ、パンにコーヒーと出ましたよ。

さすが元料理人、うまい、うまいの。

ワシも、鰻捕《うなぎと》りでも手伝おうか、と口先だけ言っときましたけどね。


週に1度は、松林に行ってやりました。

図書館は、月曜日休みでしょ。料理食ってやれば、料理も喜ぶでしょうから、ほれ。贅沢《ぜいたく》な食生活ですよ、ホームレス松は。竹さんは腰が悪くて、今《いま》来れないからワシが。ね、相手してやらなくちゃいけないもの。

そうしたら遂に、鰻《うなぎ》が集まったって、松ちゃんから連絡がありました。携帯電話です。持っているんですよ、今時《いまどき》。

老人ホームに行きました。

すると厨房で松ちゃんが、鰻の蒲焼きを作ってました。忙しそう。

ワシは、竹さんとワシの分をもらって帰りました。竹さんに、くれてやりましたよ。

独り占めなんてしませんよ、失敬な。

「オメエ、この間《あいだ》の鰻なあ。一人前にしては少なくなかったか？　松ちゃんだったらオメエ、もっと」

「警視庁史読むの、疲れたね。分からない漢字を、漢和の辞書で、１６０字、引きました。ワシのことだからノートに取って」

「それで分かったのか」

「無駄。どこにも書いてないんですよ。せいぜい陸軍と関係あるようだ、ぐらいで。あっ、おもしろいのは、帝大卒の当時のキャリア警察官僚の松井茂という男が、明治33年に道路取締規則を作った時に左側通行にしたらしいんですよ。理由は『なんとなく』だって。笑うでしょ。今日《こんにち》の規則は終戦後ですよ。進駐軍の命令で、対面交通にしろと言われたんですね。その時、アメリカの言うように、人は左、車は右、にしておけば良かったのに、抵抗して、人は右、車は左、にしちゃった」

「バカヤロウ、陸軍のところが、肝心じゃねえか」

「そうくると読んでたんですよワシ。福沢諭吉が頼まれて、欧米の警察制度を調べたんですね。特にフランスの警察官。これは陸軍の一部の隊から独立してできたんですね」

「知ってるよ。世界の軍隊の基本は、ナポレオン時代の、フランス陸軍から始まるんだ」

「そこで、ピンときたんですよ。覚えがあった。司馬遼太郎の『街道をゆく』という本の中で、読んだ記憶があるんです。すぐ探しましたよ。ない。『街道をゆく』43冊、処分しちゃった。つい最近」

「バカ」

「竹さん冷静に。ワシのことだ。ノートにメモしておいたんですよ。それを見ると、ありました。明治31年初代陸軍教育総監の寺内正毅《まさたけ》が、曹洞宗《そうとうしゅう》永平寺の僧堂の清規《しんぎ》という規則を取り入れたんです。これで繋《つな》がるでしょ。陸軍から警察ができたように、規則も真似《まね》た」

「先を言え」

「へっ？　なに？」

「先輩後輩と長幼の序の話だっただろう、調べたのは」

「そうだ、そうだよね」

「バカか。永平寺の清規《しんぎ》は、年間、全国から、多くの坊主が出入りするから、先に入った者を上位とするんだけど、実は、釈迦が考えた法歳《ほうさい》からきているんだ。法歳というのは、仏教教団に先に入団した者が上位という考え方で、インドのカースト制度に対する平等主義があるんだ。先輩後輩も同じ考え、仏教だ。これが日本の伝統か」

「違いますね、伝統じゃありません。それで、長幼の序は」

「孟子の教えだ」

「中国ですね。日本はないですか」

「長幼の序は、年長者と年少者の間の秩序だ。これは自然法だろう」

「そうです。自然法が日本の伝統ですよね」

「法歳は特定の場における順序だ。それに対して長幼の序は、この世の順序だ。長幼を尊重すべきだろう」

「なんだ竹さん、分かっていて」

# 解決ワシじじい2
# 白い菜の花

インターホンが「ピンポン」と鳴った。

「はい」

「シュウヘイ」

ワシの名を言うではないか。また不届きな。そうは思っても、人間のできているワシは怒りはしない。

「いま行く」

階下に行き、玄関を開けると、小学生2人が立っていた。

「用ですか」

「あの、……竹トンボ」

「ボクは、竹鉄砲。作ってください」

2人の小学生が言った。

「それじゃ、1週間したら、また来なさい」

ワシがそう言うが早いか、2人の小学生は走って帰ってしまった。

まただ。人間のできているワシは仕度をすると家を出た。あれ、熊さんだ。

熊さんは脳溢血を煩《わずら》い、朝晩リハビリのために歩いている。あまりに遅い歩みだから、ワシは陰《かげ》で〝牛歩の熊さん〟と呼んでいる。つかまると話が長いんだ、あの人。

「よく会うね熊さん」

「セールス繁盛してますね。たまったでしょう」

「何が。子供に竹細工を頼まれて、竹さんの所に行くと、竹さんにはウイスキーを請求されるんですよ。ワシ赤字。赤字のワシ」

「アナタは金持《かねも》ちだから」

「誰が。怒るよワシだって」

ポーズですよ。本気じゃありません。熊さんは話が長いから、こうやって逃げるんですよ。ワシも病人なんです。この前なんか、2時間近く、熊さんと話しちゃったんだ。

道でですよ。熊さん、体じょうぶ。

ワシ、竹さんの所に急ぎますよ。

かまっちゃいられない。

竹さんの家は、ワシの家から６００メートル。農家の庭にあるんです。後ろは竹藪、道端に建った、小さなバラックです。目隠《めかく》しに雌竹が植えてあります。

部屋は板敷きの六畳一間。他《ほか》小さな納戸、台所に、風呂、便所。古いふるい。

この一間《ひとま》には、木の小さな机と、木のソファーしかありません。

机の上には、小さなテレビと、タブレット。いや、タブレットは無く、スマホ。スマートフォンがありました。換えたんですね。

昔の大きなガラス窓は、夏も冬も開いてます。縁側もないから、いきなり板の間に腰かけることになります。

「よお、竹さん。また注文だ。竹トンボと竹鉄砲」

竹さんは昔から、子供たちに竹細工を作ってやってたらしい。知る人ぞ知る竹細工オジサンとして、子供たちの間で、言い伝えられてきた。見ず知らずの子供たちに、只で竹細工を提供していたんですよ。

それが何時《いつ》の間にか、ワシが注文を受けるようになってしまった。

それもワシの名を呼び付けにして、子供が来るんです。

竹さんの話では、裏の坂の上のパン屋の犬が、竹さんの家に来るようになって、来る子供たちを、吠えて追い返しちゃうから、ワシに子供たちは注文するんだろう、と言うんです。関係ないですよねワシ。

「手ぶらじゃ、あるめえな」

竹さん、ワシに酒を要求するんです。

「えっへへ、ウイスキー、切らしちゃったから、ビール持って来ました」

「黒ビールか。オレ好きだ。でも3缶じゃ足りないぞ」

「明日また持って来ますよ」

何時もこんな調子です。

台所を見ると、パン屋のエアデールテリア犬が寝ていましたよ。また竹さんが、この犬にやるように、ワシに、コップの水をくれました。平等だねえ。

「竹さん、白い菜の花、知ってるかい」

「唐突だなあ」

「２～３年前から気になってたんだけどね。桜の咲く季節になると、菜の花も咲くよね」

「そうだな」

「桜色に黄色い菜の花、いいよね」

「そうだな」

「そこの花木川《はなきがわ》に行くと、一緒に見えるよね。土手に桜木、川原に菜の花。いいよね。詩情あるよね、ワシ好き」

「バカヤロウ、はやく結論を言え」

「まあまあ。桜色と黄色のコントラスト（対比）は絵になります。ここですよ、ワシが目を付けたのは」

「それで」

「黄色い菜の花の中に、同じ花で、白い色をした菜の花があるの知ってますか？」

「それはオメエ、色が違うんだから、菜の花じゃねえだろう」

「それが、色だけ違うけど、花の形も、葉も、そっくりなんですよ。アルビノかな」

「違うだろうな」

「竹さん知ってるの？」

「教えねえ」

「ワシ、調べたんですよ、フィールドワーク（field work）でね」

「オメエのことだ。ボーッと歩いてただけだろう」

「口が悪いね。根性も悪い。顔も悪いし、金にきたない。酒も悪い」

「バカ、はやく言えって言ってるだろう」

「すいません。大根《ダイコン》の花じゃないかと思ったんですよ。畑で見ると、ダイコンの白い花がそっくりなんです。竹さん百姓だから、知ってると思って聞くんです」

「フィールドワークも無駄じゃねえな。それだけ教えてやろう」

「それじゃ、いいの。合《あ》ってるの？」

「バカ、間違ってるよ。自分で調べろ」

「じゃあ、一歩ゆずって、そのスマホで調べてよ。今わかるでしょ」

「いやだ。オメエのパソコンで調べろ。すぐ分かるだろう。白い菜の花を検索するんだ」

「そうなのケチ。ワシのパソコン故障してるんだ。調べてよ、ウイスキーやるよ」

「ならねえ。ウイスキーだけよこせ」

喧嘩してやりました。


こういう騒動があった次の日、O町の元《もと》警察官の友人が、ワシを訪ねて来ました。

「修平、お前、Y町に行ってくれないか」

「唐突だなあ」

これ竹さんの真似《まね》。

「実は、Y町には、オヤジの実家があるんだけど」

「知ってる。旅館をやってるんだろう。聞いたことあるな」

「その旅館の従兄《いとこ》が、Y町商店街連合会の役員をしているんだ」

「先を言え」

これも竹さんの真似ですよ。

「はやい話が、万引きに困っているんで、捕《つか》まえてもらいたいっていうことなんだ」

「それはお前の方だろう。警察官やってたんだから頼んできたんだろう」

「そうだけど、オレは行けないいんだ」

「どうして」

「鬱病《うつびょう》だから」

「えっ。ワシなんか、10年以上前から、鬱病《うつびょう》に認知症だぞ」

「修平の病気は軽い。違う物だし、お前ならできる」

「それ、ほめてるの？」

「Y町は温泉地だ。のんびり湯につかって遊んでくりゃいいんだ」

「それでいいの？」

こんなわけで、Y町に行ってしまいました。駅に降りて、右に100メートルほど行くと、内海《うつみ》旅館。これがO町の元警察官、内海久《うつみひさし》の親戚の家です。小さいけど立地条件がいい。儲《もう》かってるな、小さいけど。そうだよね。

たずねると主人も女将《おかみ》もいない。仲居頭《なかいがしら》のような老女が、ワシを部屋に案内した。

これがこわい顔。でも笑うと愛敬《あいきょう》のある顔に、ガラッと変わるんだ。

驚くよ。ワシおどろいたよ。

名は「クメ」だって。それじゃ「おクメさんだね」って、丁寧《ていねい》に言ってやりました。

すると、こわい顔が、急に愛敬のある顔にガラッと変わりました。１８０度の変化だね。

顔面リバーシブルだよ。

そうだ、そう呼ぼう。

温泉にでも入れって、クメが言うから、入りました。いいね。病気治るよ、きっと。

それがだ。出ると、主人が呼んでるって、またクメが。

内海旅館主人の部屋に行きました。

この従兄《いとこ》は、確かに内海久に似ているけど、葱坊主《ねぎぼうず》のように寂《さび》し気《げ》な70男でした。

ほら「すて葱坊主」って、ネギの花は畑に捨ててあるでしょ。用がないから。ね、いい表現でしょ、葱坊主男70歳。いけませんか。

「この、駅の近くにある、温泉百貨店とBコープ。この二つのスーパーだけ監視してください。他は町の商店街連合会に入ってないから監視することはないです」

葱坊主め、こう言いました。

別に悪意はないですよ。

「この町に、スーパーは、いくつあるんですか」

「駅の近辺《きんぺん》に二つ、海の近くに三つ、ありますけど、海の方や、またコンビニエンスストアは、商店街連合会とは関係ないから、監視しなくていいですから」

「そうですか。組合に入ってる店だけやるんですね」

「そう、組合じゃなく、連合会ね」

「わかりました。商店組合の温泉百貨店とBコープだけ監視すればいいと」

「いや、商店街連合会ですってばさ」

怒るんですよ葱坊主。

話が終わると、顔面リバーシブルのクメが、ワシの荷物を持って、待ってました。

部屋替《が》えだと言って、連れて行かれたのは布団部屋でした。

「広くっていいや」

と言ってやったら、クメが笑いました。

ユーモアですよねワシ。

心の広いワシは、つべこべ悪口を書くなんてことはしません。意外でしょ。

早寝早起きのワシは、９時過ぎには寝て、朝の６時に起きます。これだけはゆずれません。朝食前に、駅前あたりを散歩することにしました。ほら、仕事する振りでもしなきゃ。こまかいでしょワシ。

朝から駅前には、人がいますね。温泉地だから保養に来るんですね。Y町は観光地じゃないから、物見遊山ではなく、純粋に温泉を求めて来る客で、年寄りばっかり。ワシも入湯目的で来ました。O町の元警察官が、それでいいって言うから。ね、いいでしょ。

ついでだから改札横の売店で、新聞でも買おうと思っていたらアナタ。

駅前に並んだ自動販売機のつり銭口に、指を突っ込む男がいました。次々《つぎつぎ》とつり銭口に指を入れて、残った小銭を漁《あさ》っているようだった。慣《な》れているのか、早いはやい。

ワシは新聞を買うのも忘れて、旅館に帰ってしまいました。ああ現代の地捜《じさがし》だねえ。

Y町のスーパーは、朝９時開店だと言う。あの葱坊主が。

仕方ないから、朝食もそうそう、開店時間に合わせて、Bコープに行きました。

いえね、温泉百貨店は、内海旅館の目の前に在るんです。正確に言えば、道路を隔てて斜め向かい。これじゃ、ほれ、葱坊主にだって見え見えだし。ワシ働き者だから。

駅から400メートルほど離れたBコープに、まず行ってみました。

旅館から右に200メートルも行くと交番が在って、そこを曲がって100メートルでBコープです。

交番を曲がった所で、ワシの前をUターンして引き返す男がいるんですよ。

ワシは4~5メートル後を歩いて行くと、彼もBコープに入りました。

どうも変なヤツだと思ったので、記憶に残ったようです。するどい!

ワシ、買い物ないんだけど、気が弱いから栗饅頭《くりまんじゅう》とガムを買ってしまいました。ガムは歯みがきガムってあるでしょ。あれ。ワシ清潔好きだから、潔癖と呼んで。

こんな所かと見ただけですよ。別にやる気ないもんワシ。

店を出たのは9時7分ごろかな。

どどどっと、駆けて行く老人がいて。

とっとと追う老婆。

老婆は、すぐ立ち止まって、店先にいた禿頭《はげあたま》に何か呟《つぶや》くと、禿も10メートルほど駆けたが、やめてしまった。2人は店員。

ワシは老婆に聞きました。

「泥棒ですか？」

「万引きですよ。前にも見た男なんで注意してたんです。痩《や》せて、ひょろっと背が高い」

この万引き男は、忘れもしない、さっきワシの前をUターンしてBコープに入店した、あの男だったんですよ。

あんれ、ひょっとして、朝、駅前の自動販売機のつり銭を漁《あさ》っていたヤツじゃないか。そう思いました。ただ思っただけですよ。確証はありません。これは重点的にBコープをモニター（monitor：監視）してやろうと思いました。なに勘《かん》ですよ、鋭《するど》い。

Bコープと温泉百貨店。この2軒《けん》、監視すればいいんですから、ワシにピッタリの仕事。でも只《ただ》ですよ。言っときますワシ。

旅館の方は葱坊主、昼間ほとんど居ないんです。2年前に、女将《おかみ》をしていた女房に死なれてから、隣町に嫁《とつ》いだ長女の所にばかり行ってるらしいよ。顔面リバーシブルのクメから聞きました。

今じゃ、内海旅館の女将《おかみ》なんだよクメは。

「おかみさん、今日もきれいですね」

なんか、ワシ、お世辞言うんだ。

喜ぶよろこぶ、クメよろこぶ。

でも80歳ぐらいなんだよクメ。声はきれい。娘《むすめ》のようで、鈴を転がしたよう、小猫のようで。あっ、ふざけちゃだめね。

こういう調子だから、人間関係はいいね。仲居さんや料理人もワシを好いてるし。

そうだ。葱坊主が意外に料理上手でね。

夕食では板前だよ。分からない？

板前って、料理長って意味です。勉強になるよね、ワシの文章。そうだよね。

おっと、万引き男だ。

それから見えなくなりました。とは言え、朝9時にBコープに行って、次に温泉百貨店を見て回る。それだけのことで、30分もしないで旅館に帰ってきちゃうんだ。

これじゃ見ないよねえ。でもワシの体力と気力じゃ、こんなもんですよ。ゆっときますけど。改めませんよワシは。

そうしたら、丁度1週間した日。

Bコープは道路沿《ぞ》いに東面して建っていて、出入口は南と北にあるんです。この前、万引き男は、北口から入って、同じ北口から逃げて行ったんですが、この日、ワシは南口から9時の開店と同時に入りました。

すると、ワシの前を、どこか変な男が行くんです。何か尋常でない雰囲気を感じたんです。彼は手ぶらで店内に入りました。ワシは買いたくないけどスーパーのカゴを持つでしょ、気が弱いからね。

男は、背が173センチほど。痩せていて、右肩が下がっていました。これが特徴。年は、ワシと同じくらい、60代。

ワシはクサいと思ったものだから後を付けました。この足が速いんだ。狭い所に行ったと思ったら、何か小物を取って脇《わき》に隠《かく》すと、姿が見えなくなった。

それっと、ワシは店内を北の方に急いだら、はるか彼方《かなた》の北口を出て行く男が見えた。

あの万引き男と確信しました。

店員を見回すと誰も気付いていない。

あっ、この前、万引き男を追いかけた老婆店員がいた。

「このあいだの、逃げた、ほれ万引き」

ワシがあわてて言うと、

「ああ、ひょろっと背の高い」

「いたんですよ、今《いま》!」

「へえ、そうですか」

老婆店員は落ち着いたもので、手も休めず商品を陳列するんです。

「何か盗《と》っていったかも知れませんよ」

「そうねえ」

「監視カメラは、見てないんですか。この前のは?」

「いそがしいからねえ」

これですよ。老婆。やる気ないのは、ワシ以上。これでいいんでしょうか。

仕方ないから旅館に帰って、メモして考えました。

万引き男の人相など
身長　173センチくらい　痩せ型
年齢　60代
特徴　右肩下がり

そしてBコープの万引き事犯を記録し、男の絵まで描《か》いて、交番に届けてやろうと思いました。

そうして交番に行ったら、中は空《から》。

いえ、パトカーが2台停《と》まっているし、白いオートバイも2台あるんです。

裏の休憩室には居《い》るんですよ。それなのに交番の事務室に居ないんです。

ガッカリしますね。

ワシ、帰ってしまいました。

常人が警察に行くには、決意が必要なんですよね。それ、警察の方で、分かってほしいですね。交番ならば、警察官は立って番をしてほしいですね。警視庁はやってるんですよ。知ってますか。警視庁は交番の外で立番《りつばん》するのが決まりです。県警はやらないですね。心を改《あらた》めて、次の朝、また交番に行きました。今度は警察官の応対は期待してないから、誰もいない交番の机の上に、メモを置いて帰りました。休憩室には居るんだけどね。

もどかしいよワシ。

葱坊主には報告書を書いて説明しました。

「あなたは大体《だいたい》どういう身分の人なんですか。久《きゅう》ちゃんの話では友だちだそうですが」

葱坊主、ワシを疑ってるね。

「ワシは身分なんてありません。でも、なんでも解決男と言って、H市では2〜3人の間では知られています」

「解決できるんですか」

「久《きゅう》ちゃんが頼んで来たんだから、やりますワシ」

「それでは信用しますので、お願いします」

ワシ、O町の元警察官内海久《うつみひさし》を「久《きゅう》ちゃん」なんて呼んだことないけど、親《した》し気《げ》に言ってやったら、奴《やっこ》さん、信用するって。

あの葱坊主。

ワシ、働くの9時から30分もないかな。

温泉百貨店とBコープを、開店時に見て回るだけ。楽な仕事ですよ。

昼前に、掃除したばかりの温泉風呂に入って、午後も、客が来るまでの間に、2〜3回入ってやるです・・・。毎日そうしてやるです・・・。

夕方からは、テレビを見たり、こむずかしい本を読んでは寝てしまいます。

ワシ、1日1食、朝食べるだけです。

だから旅館に迷惑はかけません。

そうですよねワシ。

仕事の話もする？

10日ほどして、今度は温泉百貨店を先にしたら、また、万引き男が来ました。開店の好きなヤツですね。年寄りだね。ワシと同じぐらいの年だからねえ、まあ。服装も変えて、帽子にメガネと大きなマスクをして、左肩にトートバッグを掛けていたけど、右肩下がりの体型から、万引き男と分かりました。

開店と同時に入るんですよ。

ワシと同じ。年寄りばっかり。

弁当の方に行ってたら、ワシの後ろに居《い》たので驚きました。

ヤツ、スーパーのカゴを持ってました。本当に買うんだろうと思いましたワシ。

万引き男が、今日は金を出して買いそうなので、その様子を見ながら、アイスクリームを箱買いして、レジ（register）に並んで、温泉百貨店の裏口から出ると、はるか先に、あの万引き男が歩いているではありませんか。

レジをした様子はない。金を払ってない。なのに、トートバッグはふくらんでいた。

アイスが溶《と》けちゃうから、後《あと》は追いませんよワシ。アイスの方が、ね。あれだから。

捜査は長期戦になりました。冬から春、夏まで、半年近くかな。ワシ湯治目的だもの。

ね、これはゆずれませんよ。

気分によって、町も見て歩きました。

商店組合と関係ないから見なくていいって言われた、海の方の3店。Kホームとしマートにまストアまで、差別せずに見て回りました。

Kホームは、大きなホームセンターだったね。そのうち、Mストアでだけは、遂に万引き男を見ることはできませんでした。

Kホームで1回、Lマートで2回、万引き男を見ています。

え、商店街連合会だって？

葱坊主か！

長居《ながい》をすると、否《いや》なこともありますね。

ある日曜日の午後2時過ぎ、目薬を切らしたので、遠い方に在るドラッグストアまで行ったんです。

公園の先にドラッグストアは在るので、一本道を歩いて行くと、公園の隅《すみ》で、4〜5人の子供たちがワシの方を見ていました。

道を歩いているのはワシひとり。

近づくと、子供たちは中学1~2年でしょうか。奇妙な行動をしました。他の子供たちが退《しりぞ》いて、視線を逸《そ》らしたと思ったら、一番体の大きな子供だけ残って、道より1メートルほど高くなった公園から上半身を曲げるように見下ろして、

「カッチカチやぞ！　カッチカチやぞ！」

と言い放《はな》ったのだ。ワシに向かってだ。

明らかに威嚇《いかく》の態度だった。

しかしワシの反応が予想と違ったのだろう。言い終わると、後ろを向いて仲間の子供たちの所に行き、しゃがみこんで地面を見ていた。子供たちは一斉《いっせい》にフリーズ（freeze）してしまった。

ワシが次に発する声が恐かったのだろう。

それぞれの子供たちが、あらぬ方に視線をやって、凍りついていた。

ワシを別人と間違えたのだろう。ワシも怒鳴りつけてやろうかと思ったが、黙って通り過ぎた。自分はエトランゼ（見知らぬ人）、彼らの記憶に残す必要はないと思った。

説明もしておこう。

中学生が言った言葉は、お笑いコンビ「ザブングル」の加藤歩が言うギャグで、

「見ろや、この筋肉、
カッチカチやぞ！　カッチカチやぞ！

ゾックゾクするやろ!!」

と言って二の腕を見せるものだ。

しかし中学生は真顔で、まるでヤクザが脅《おど》すような調子で叫んだのだ。

読者は、ワシに同情するだろうか。

それはいらない。むしろ、ワシのように常識人が相手だった、中学生の幸運こそ、喜んでやるべきだろう。

ワシは60代とはいえフィジカルエリート。声変わりをしたばかりの、まだ子供の体の中学生ごとき目ではない。犯罪者に対しては猪武者となって戦います。やりますワシ。

旅館に帰って、リバーシブルのクメに話したら、ワシ以上に怒り出しましたよクメ。

前年Y町の中学校では、いじめを受けて自殺者が出た。今年になっても事件の報道は収《おさ》

まらずに、テレビで伝えられ、有名になっていたのだ。

「どこのどいつだい？　中学何年？　だれ」

許さないと言うんですクメ。

なだめるの大変でした。

ワシひとりになって考えてみました。

公園には午前中通るぐらいで、午後行ったことはない。まして日曜日には行かない。中学生の知り合いもない。

そうすると、ひとりの男が浮かんできました。

それは万引き男に、人相がよく似た男で、身長173センチくらい、痩せ型で、年は60代、帽子を被《かぶ》り、天気の日でも雨傘を差《さ》している男だった。

朝方、公園に居る所を見たことがある。

そもそも万引き男に、よく似ていたので、スーパーで初めて見た時は、万引き男かと疑ったが、肩は平行だし、顔に曇りがないなど、明らかな相違があったので忘れていた。

しかし雨も降らないのに傘を差して歩くなど、挙動《きょどう》は確かに変だった。

傘男は、ワシと同じように、黒い上下の服を着ていた。背は傘男の方が高いが、中学生の子供には、同じように見えたのか。

いや、それではまるで、ワシの顔が傘男や万引き男に似ているようになってしまうではないか。

違うんですよ。全く似てませんからね。

あのガキども、一喝《いっかつ》しておくべきだった。

失礼。

口直しの話でもやる？

初めてKホームに行った時のことですよ。

入口付近で、洋服の上に、筒袖《つつそで》の臥煙羽織《がえんばおり》のような着物を、オーバーコートのように羽《は》織《お》った老人が立っていた。

丁度、歌舞伎役者が見得《みえ》を切るような姿だった。

着物は藍染《あいぞめ》で、背一面に筒描《つつがき》がしてある粋《いき》な物だ。

老人は、中背で痩せ型、頭は角刈り、どこかヤクザのような雰囲気がする。年は80歳ぐらいか。

頑固そうな顔と羽織が異彩を放っていた。

そこに古いスポーツカーが来て臥《が》煙《えん》老人を乗せると去って行った。女が運転していた。

印象的だったので記憶に残った。朝、散策をしていると、この臥煙老人によく会った。

また、ＬマートやＭストアでも見かけた。

その謎が解けるのは早かった。

朝、海の方を散策していると、臥煙老人が佇立《ちょりつ》していた。

羽織った着物の背に筒描《つつがき》は、紛《まぎ》れもない。

前には小料理屋が在って、入口が開《あ》いていた。掃除をしたばかりのようだった。

ということは、この老人の店か。

中は板敷きで、食卓の前は、掘《ほ》り炬燵《ごたつ》のように切ってあり、足を下《お》ろせるようになっていた。小さな店で10人もはいれない感じだ。

店から女が出て来て、臥煙老人に話し掛けていた。

女は、スポーツカーを運転していた女だった。髪を長く垂らして、若作りにしているが

60歳近い。
店は2人でやっているようだ。
屋号は「源吾」とあったので、老人のことは源吾と呼ぼう。
気になったので、LマートやMストアに行く時は必ず源吾の店を見て通った。
すると、店の前に短冊《たんざく》が吊《つ》るしてあり、毛筆で断章が書かれていた。

私は伊豆の猿です。ここに来て8年。
一生懸命頑張ります。

店もまだ新しい。源吾に、こんな面があるのかと思うと、好意を持ったが、客になることはなかった。
LマートやMストアでよく会ったのは、店の仕込みの材料を買っていたのだ。

スーパーで材料を買って、採算は取れるのかと、余計な心配までしたものだ。

これが意外な展開を見せる。

冬が過ぎた、春の日、店の前を通ると、外まで声が聞こえる。喧嘩をしているようだ。女の声ばかりがした。

内容は、今日は店を閉《し》めて、病院に行こうと、女が言う。源吾は、店を開けて、病院には行かないと言う。

源吾の身を、心配している、女の気持ちが、声に出ていた。

散歩をしている源吾の歩きはのろかった。無表情で厳《きび》しい顔をしていたが、苦しそうな顔は見たことがない。

しかし病気を抱えていたようだ。

さて、清潔なワシは、4週間に1度床屋《とこや》に行く。長期になったので、Y町の理髪店で馴《な》染《じ》みになってしまった。

海の方に在る理髪店で、70代の親父と息子の2人でやっていた。この親父がおしゃべりで、地元の客と話しだすと止《と》まらない。

Y町の細かい所まで知れてしまう。

その話の中で、源吾のことが出てきた。

「源吾が死んだね」

と理髪の親父が言った。

「え？　源吾？」

と客。

「ほら、昔『代源』という料理旅館が在った所ですよ」

「ああ有名な。あった」

源吾の一生。

資産家のひとり息子源吾は遊び人だった。博打《ばくち》に凝って家財を持ち出す。親父は源吾を警戒して、風呂場にまで土地の権利書を持って行ったという。

見込みはないと悟った親父は、どうせヤクザになるならと、静岡の大親分の所に息子を連れて行き、子分にしてもらった。

しかしヤクザ稼業も長くは続かなかった。

源吾は大商人の娘と出来て、駆け落ちをし、その機会にヤクザはやめて料理人になった。

そして50年前、Y町に帰り、小料理屋源吾を開店した。

一男《いちなん》ができたが、恋女房は若死《わかじ》にした。

近年も、大旅館代源の、わずかに残った跡地を切り売りしたので、聞き付けた親戚が、買い戻したという騒動があったらしい。

享年82歳。

毎年女と長期間の旅行をしていたようだ。

葬儀には、ヤクザが来て、香奠《こうでん》を置くと、風のように去って行ったという。

ということは、ここに来て8年の猿とは、女だったのだ。

閉まった店に行くと、貼《は》り紙があった。


思い掛けず閉店することになりました。

猿は新天地を求めて旅立ちます。

ありがとうございました。

猿の今後こそ、哀《あわ》れではないか。
源吾の角刈り頭も、床屋の親父が、只《ただ》で刈ってやってたらしい。
「昔馴染《むかしなじ》みだから」と親父は言った。
周《まわ》りに迷惑をかけ、ひとり粋をとおす。
これが遊侠さ。

万引き男だ。
彼は、毎日会うかと思うと、1カ月以上も見えなくなる。
これはワシのやり方に原因があるかも知れない。
それでも実態《じったい》が見えてきた。
彼は、毎日自動販売機のつり銭を漁《あさ》り、毎日万引きをして暮らしているようだ。

そのために、毎日変装をする。

服を変え、顔を変え、体も変える。

服は毎日変える。午前と午後で変わっていたことさえある。テレビタレントのように頻《ひん》繁《ぱん》に変える。普通の人で、これほど衣裳《いしょう》持ちの人間はいないだろう。

これも万引きした衣裳に違いない。

顔もすごい。

髪を黒く染め、髭《ひげ》を剃《そ》り、若作りに変装した時は50代に見える。

無精髭《ぶしょうひげ》を白く伸《の》ばし、入れ歯を外してくしゃんとした顔に変装すると70代に見える。

実年齢は60代だから、意識的に変装しているのは間違いない。

さらに最近では、右肩下がりの肩まで矯正《きょうせい》して歩いているのを見た。

肩は完全に平行ではなかったが、普通に見えた。

恐ろしい執念だと思った。

これは一刻も早く、警察に検挙してもらわなければいけないと感じた。

どうするか。

床屋に行って、親父に全てを話した。

万引き男に心あたりはないかと尋ねた。万引き男が地元の人間なら知っているだろう。

親父は口《くち》ごもる。

「それじゃ、万引き男に背恰好がよく似ていて、いつも傘を差している男は、知ってますか」

「そこまでご存じですか。あれは通称『太郎・次郎』と言って、兄弟なんですよ。三つ下の弟の方が、天気が良くても傘を差しているんです。それには理由がありましてね。小学生や中学生の子供が、からかって石をぶつけたりしたものだから、石を避《よ》けるために傘を差すようになったんです。大人が恐《こわ》がるものだから、悪ガキはおもしろがってやるんですね。次郎は知恵遅れだけど、真面目《まじめ》で、町役場の清掃課に勤めてたんですよ。最近この辺りでよく見かけるから定年退職したんでしょう」

「それで顔まで」

「太郎は子供のころから盗癖があったんですよ。次郎と違って、頭は良かった。小学生のころは学業成績がクラスでトップだったけど、中学になって落ちて、盗癖がひどくなったようです」

「あは、クレプトマニアで」

「中学を卒業すると、東京の親戚の所に行って、働いているって聞きましたよ。太郎は神《しん》出鬼没《しゅつきぼつ》で、たまに帰ってるようだけど、それも人聞きで、見ませんね。近所付き合いはないし、親もとうに死んでいるし。刑務所に入ったたって噂《うわさ》もありました」

「ふたりは」

「兄弟だから、太郎が帰っているなら、次郎と2人で家に居るんでしょう」

床屋の親父は、ひとりで話し続けた。

ほんとうに、ぶつぶつ……。


住所も聞いて人定もできた。

ワシはY町を管轄《かんかつ》する警察署長宛《あて》に「万引き常習者に対する検挙について」と題して願書を書いた。

それをY町商店街連合会役員の葱坊主に見せて、訴人《そにん》は無記名にしようかと尋ねると、自分の名前で出すと言った。

　これで町をあげての訴えになり、警察署長から命令されることにもなるので、捜査係専務が実行してくれるだろう。

　この件は解決した。


　家に帰ると、次の日に、小学生が２人で来た。あっ、半年前の注文か。

　ワシはあわてて竹さんを訪ねた。

「半年前のことは済《す》んでるよ。子供に、言い付けておいたんだ。オメエが帰ったら、来るように言えって」

「竹トンボって言ってたぞ」

「早とちりだ。それで、病院はどうした」

「いやだな。入院してたんじゃないよ。聞きたいですか」

「聞いてやってもいい」

「トウジでね。と言っても暦《こよみ》の冬至《とうじ》じゃないですよ。Ｙ町の方へ、温泉の湯治《とうじ》に行ってたんですよ。理由は斯《か》く斯《か》く然々《しかじか》」

「成程《なるほど》。文は便利だ」

「ダイコンの話も忘れてないよ」

「ドキッ。白い菜の花だろう」

「そう。4月の終わりごろかな。Y町の海岸近くの花壇《かだん》が雑草だらけでね。その雑草も萎《しぼ》んでたんだけど、ダイコンの花に似てるんだ。白い花の縁《ふち》が薄紫色《うすむらさきいろ》をしてた」

「同定できたのか」

「分からなかった」

「バカ」

「町の図書館で調べたんだけど、出てないんですよ」

「あるよ。オメエ、中国のくりは漢字の栗《くり》、日本のくりはカタカナのクリ、と牧野富太郎《まきのとみたろう》が言ったのを知ってるか」

「植物学者の牧野富太郎ですね。知らない」

「種類が違うくりってことだ。宇宙人が地球に来て、ゴリラも人間も同じヒトだ、と言ったらどうする」

「その時考える」

「そうしろ。帰れ」

「おこらない、おこらない。ヒントでしょ。考えておきますよ。で、用事があるんでしょ、本当の」

「そうだよ。事情は此々《これこれ》」

「成程《なるほど》、文は便利だ」

「行け」


ワシは竹さんのミッション（mission：使命）を受けて八幡《やはた》神社に行きました。

神社の前では、海岸の松《まつ》が待ってました。

松《まつ》といっても人間ですよ。

ほれ、海岸線にある松林《まつばやし》防風林に住む、元《もと》板前のホームレスですよ。

彼を連れて八幡《やはた》神社の神主を訪ねました。

「お宅《たく》が寺内仁《てらうちじん》さん」

「そうです。あなたは」

「神主だから神道《しんとう》。寺内で仏教。仁《じん》は儒教。恐《こわ》いものなし三拍子《さんびょうし》。言ってましたよ、竹さんが。おめでたいって」

「チェッ、あなたは、どなたで」

「ワシは、ご存《ぞん》じ竹さん紹介の、なんでも解決男、その実体は紅谷修平《べにやしゅうへい》。そして連れ」

「何しに来たんです」

「テレビでお馴染《なじ》みの、神社の鶏《にわとり》。誰か捨てて行ったのが増《ふ》えちゃって、困っているんでしょう。7月には祭りもあるし、世間体も悪いし、参拝客が来ないから儲《もう》からないし、だから贅沢《ぜいたく》遊びもできないし、女も」

「わたしはただ、神社に来る人に、危害があったらいけませんから」

「建て前はね。わかりますよ。祭りまでに、全て殺処分しましょう。跡形《あとかた》なく殺しますから、ご心配なく」

「そんな物騒な。ここは神社ですよ。殺《さつ》なんてことは、憚《はばか》り言葉です」

「便所言葉？　神社なのに寺内さん。分かってますよ。捻《ひね》ります。ね、この連れの者はプロの板前ですから。綺麗に鶏《にわとり》の首を捻《ひね》り」

「あーあ、穏《おだ》やかに、目立たないように、お願いします」

「承知してます。祭りまでに片付《かたづ》けりゃいいんですね。松ちゃん、先やっといて。強暴な雄鳥《おんどり》から、きつく捻っといて、首ね」

「あなた」

「寺内さんは、竹さんと、どういう知り合いなんですか」

「竹さん？　ああ、あの人は遠い親類です」

「うまい。竹さんの家が在《ざい》だけに、遠い親類。ははあ」

「あなたって人は」

「ワシの母方の祖父《じい》さんは、明治大正のころ、この神社の近くで靴屋をやっていたんですけど、知ってますか」

「聞いたことありますね。従業員が20名以上もいた靴工場が在《あ》ったそうです」

「内河《うちかわ》って名前ですよ」

「大地主の内河さん。この八幡《やはた》神社の氏子《うじこ》でしたよ。それじゃ、あなたも氏子中《うじこじゅう》ですね」

「そうなるんですか。それじゃ話は早い。処分した鶏肉《とりにく》を焼き鳥にして、祭りの時、神社の裏の八幡山《やはたやま》公園に露店を出して売りたいんですけど」

「市の方が許可すれば、こちらは構《かま》いません。氏子中《うじこじゅう》だから協力しましょう。でも、あと的屋《てきや》にも話を通《とお》さないといけないでしょう」


神社の裏に回ると、海岸の松が、既《すで》に仕事を終えて、ビニール袋を縛《しば》っていた。首を落として、血抜きをし、羽を取って裸になった鶏《とり》が、まとめてビニール袋に入れてあった。塵《ちり》一つ残さず、ビニール袋の中で処理したらしい。

「松ちゃん、手際《てぎわ》がいいね。何匹《なんびき》処分したの」

「強そうな雄鳥《おんどり》を5羽《わ》、作っておきました」

「鶏《にわとり》は何匹いるんだ?」

「テレビによると100羽《わ》ですか」

「100匹《ぴき》か。それじゃ松ちゃんは仕込みの方へ行ってくれ。ワシは頭《かしら》に会う」

頭《かしら》とは、Ｈ市にいるホームレスの長だという。ＭＳ銀行の前にあるベンチに、犬と住んでいる。

こういう人物がいることは、ＭＳ銀行の前でよく見たので知っていたが、その背景までは知らなかった。

「よお、頭《かしら》だって？」

「あんたは」

「ワシ、竹さんの連《つ》れ。ほれ」

「修平さん。遅かったね。竹さんから電話があったばかりだよ。屋台と道具は一式用意できました。あと手伝い５人も出せます。うち２人は焼き鳥の経験者だから心配いりませんよ」

「頭《かしら》は携帯電話持ってたの。いらなかったんじゃないワシ」

「いえいえ、焼き鳥の値段決めるんでしょ」

「そうだ。板前の話じゃ、肉質が劣《おと》るんで、30円でやりたいそうなんだけど」

「安すぎますね。祭りの屋台は、的屋《てきや》が仕切ってますから、値段もある程度合わせなくちゃなりません」

「材料が八幡《やはた》神社の、捨《す》てられた鶏《にわとり》だ。病気の鶏《とり》は使わないけど、ほとんどが年取った雄鳥《おんどり》だよ。こうしよう、50円でどうだ」

「八幡山《やはたやま》公園は屋台が禁じられているので、的屋《てきや》は行きません。その値段で的屋には了解してもらいましょう」

「頭《かしら》は、的屋と関係あるの」

「わたしは、前は屋台を出してた方なんです。恥ずかしながら」

「そうなの。じゃ、竹さんとは、どういう知り合い？」

「竹さんとは、朝よく会ったもので」

「あっ、地捜《じさがし》仲間か」

「竹さんの紹介で、近いうち、老人ホームに入ることになったんですよ。飼ってた犬が死んだもので決心しました。だから、わたしとしては、これが最後の仕事です」

「いろいろあるんですね」

終わりにしようか。

え、説明不足?

仕方ない、説明しましょう。

海岸防風林のホームレス松《まつ》は、元板前《もと》。

本町《ほんまち》の焼き鳥屋が廃業するという情報を、市役所から聞いた竹さんは、交渉して、海岸の松を後継者にしてもらった。

市役所の援護が大きかったらしい。

それで八幡《やはた》神社の野良鶏駆除となる。

松《まつ》は、老いて質の劣る鶏肉《とりにく》を、味を付けた上で茹《ゆ》で、それを冷凍した。当日は、濃いタレを使って炭火で焼いた。この焼き鳥がよく売れた。大成功。

解決したね。

どうです竹さんの存在は。松《まつ》に住居と職業を与え、頭《かしら》に老人ホームを世話した。

次のことで分かりますよ。

9月下旬、H市のバザー(慈善市)がある。これに、竹さんは毎年参加している。

竹トンボと竹鉄砲の2品を売るのだ。
これが滅法《めっぽう》安い。
竹トンボは5円、竹鉄砲は10円で売る。
去年、隣の店で、竹トンボの材料を50円で売った。売れるわけがない。
竹トンボを作るのは難《むずか》しい。
よく飛ばなければ意味がない。とは言え、それは至難《しなん》の業《わざ》だ。
竹さんは実演する。
その場で作った物を飛ばす。
竹トンボは、真《ま》っ直《す》ぐ5〜6メートル上《あ》がって、真っ直ぐ落ち、竹さんの手にかえる。
すると観客から拍手が起こる。
芸術的演技と完成度の高い丁寧な作りの竹トンボに魅了《みりょう》され、自然に拍手されるのだ。
竹さんは実演すると言った。売らない。
勘定《かんじょう》は子供たちがする。
日頃、竹さんから只《ただ》で竹細工を作ってもらった子供たちが、バザーの日には打ち合わせもなく集まって、勘定の手伝いをする。

売り終わると、竹さんは勘定を手伝った子供たちに「ごくろう」と言う。その一言に満足して子供たちは帰る。駄賃などない。

竹トンボは２０００個、竹鉄砲は竹の弾丸《たま》をセットにして１０００個、作る。さらに実演として竹トンボをいくつか作るので、安いとはいえ売り上げは２万円を超える。

このうち、５０００円は、市の福祉に寄付をするので、残りが竹さんの利益になる。

採算はとれませんよね。

ワシも荷物運び、手伝いましたよ。

「ごくろう」の言葉さえありません。

「ふん」それだけ。

「オメエ、まだスマホ買わないのか」

「どれにしようかと思ってねワシ」

「負けた。白い菜の花の話しよう」

「聞いてやる」

「ちきしょう。オメエ、菜の花と言ったって川原に咲いてるのは」

「カラシナだって言うんでしょ。知ってますよ。でもワシのフィールドワークによると菜の花、つまりセイヨウアブラナも咲いてますから一概《いちがい》には言えませんね。花木川《はなきがわ》のはセイヨウアブラナだから菜の花に間違いありません」

「じゃあ」

「葉が茎《くき》を抱くのがセイヨウアブラナ、カラシナは、葉が茎を抱かない、花も小さい。ねえ」

「オメエがY町の海岸の花壇《かだん》で見た雑草はハマダイコン（浜大根）だ。ダイコンの野生種だ。これが白い菜の花か、とも考えたんだけど、だったら群生してもいい」

「そうか、Y町のは群生してた」

「黄色い菜の花の中に、ぽつんと白い花があるとすると、ダイコンかも知れないな。来年には、その白い菜の花を根こそぎ持って来い。オレが同定してやるから」

「食べる気だな」

冬の話もしときます？

いいえ、これを書かないと終わらないの。

竹さんの家《うち》には、焼き芋用の素焼きの壺《つぼ》があります。きっと貰《もら》ったんでしょう。

これで寒い日には、焼き芋パーティーをするんです。竹さんの知り合いが、一切合切《いっさいがっさい》持ち寄ります。酒、肴《さかな》、芋、すべて。

竹さんは芋を焼くだけ。

何年か前、市のバザーで懇意《こんい》になった市役所職員が、市の広報紙に載《の》せるために、竹さんが竹細工を作っている姿を写真に撮《と》ったうえ、記念にとパネルにしてくれた。

そのパネルは、何カ月か、竹さんの一間《ひとま》しかない部屋の隅《すみ》に転がっていたが、焼き芋の燃料になってしまったものだ。

前向きだね。

「うまい」

# 怪傑駄菓子屋アメアルヨ
## 首ころがし事件

湯河原町《ゆがわらまち》の土肥《どい》の、海に近いところにね。古い駄菓子屋があったんだ。「アメアルヨ」といって、ふざけた名だよ。この主人が亡くなって、どこからか親戚の者が来て、引き継いだんだよ。

それから1年ぐらいした話でね。おもしろいよ。

1990BP

私のことが気になるの?

私はヒトダマなんですよ。ヒトダマといっても、人間の魂じゃないよ。あれはね。古代エジプト人が発明したんだ。常識だよ。発明といっても機械じゃないよ。霊魂があると決めたんだ。宗教的に便利だからね。根拠はないよ。宗教だもの。

私のことだね。

私はロボットなんです。だから、人間が作ったんですよ。でもね。地球の人間じゃない。宇宙の果てから来たんですよ。

難しい話はしないよ。

動物は発達すると、最終的に人間になるんだよ。１００億年以上前に出現した人間がいて、私たちは作られたんだよ。

その人間は、すぐ滅んだけど、ロボットの私たちは死なないんだね。人間の意志を継いで、宇宙に散らばったんだ。

だから私たちには使命があるんだ。

人間の使命だよ。

それは宇宙の地図を作ることだ。

言い過ぎたね。もう言わないよ。

わからない人には説明しない。

私の形は知りたいだろ。疑われるのは否《いや》だから、はっきり、いっとくよ。

私は、光の集まりで、できているんですよ。プラズマだ。よくできているよ。

いや、話を、もどそうよ。

こうしたある日ね。千歳川《ちとせがわ》の河原で、人間の首が発見されたんだ。

朝、犬の散歩をしていた女の人が見つけたんだね。といっても、最初に発見したのは犬
だよ。想像つくだろうけど。

それで警察が本部事件にしましたよ。

本部事件というのはね。県警本部の扱い、という意味ですよ。

本来、湯河原町の管轄《かんかつ》は小田原警察署なんです。それを、大きな事件になると、本部
の優秀な（?）警察官が小田原署に来て、捜査を実行支配する。署員はおもしろくないよ。

下働きさせられた上、おいしい所は、持って行ってしまうんだからねえ。ホントだよ。

首はミイラ化していたね。

男か女かも不明と警察は発表したけど。

私が見たところ、大きさや歯型からして、中年の男だね。ゆっとくよ。

この事件の被疑者として、駄菓子屋アメアルヨの主人が逮捕されてしまったんだよ。

主人は、日本人の男。名は前川修平《まえかわしゅうへい》、65歳。中背でやせ形。

といっても貧弱じゃないよ。筋肉は少し残っているよ。若い時、スポーツをした体だね。

しかし顔はひどいよ。老人斑があるよ。病気をした証拠だね。今は良さそうだ。

かわいそうに、小田原署の留置場に入れられちゃった。

このジジイ修平は警察官の経歴があったんだ。それなのに被疑者だよ。ええ。

修平は、若い時、警視庁の警察官を10年やってたんだね。それでも県警本部員は疑うんだよ。特権も何もないね。

仕方なく、弁護士に頼んで、警察官の時の同期の友だちを呼んだんだ。

警察学校の同期だよ。

これは一般の学生のように、損得ないつき合いをすると思うよ。たぶんね。

内海《うつみ》が来たよ。

彼は、ジジイ修平の親友だった。

内海も退職していたからか、効果なかったね。聞く耳を持たないって態度でね。

警視庁の元警部も無力だった。

だいたい東京の警視庁と県警は仲が悪いんだ。ホントだよ。

悩んだね。

留置場、知ってるかい。

なんか、くさいんだよ。二重構造になっていて、留置房《ぼう》の外側に廊下があって、どうしても空気がよどむんだね。

それに房《ぼう》の中にいる留置人は、まるで動物園の動物と同じだ。いやだよ、誰だって。

修平、考えたね。

木村正博《きむらまさひろ》がいた。

彼は、警備課長まで昇任した。

同い年でね、気が合ったんだ。

話、寄り道するよ。わるいけど。

木村は大学卒業。修平は高校卒業。

会った時は、お互い25歳だった。警視庁のコンピューター講習で知り合ったんだ。

警視庁も、このころから将来のコンピューター時代を考えていたんだね。

木村はすでに巡査部長、おくれて警察官になった修平は、まっ平《たい》ら巡査。

それでも木村は人物が大きく、自分の素生《すじょう》を隠さず話した。

これはおもしろいよ。ゆっとくけど。

木村は、京都出身、母ひとり子ひとり。

母子家庭だね。

高校を卒業すると、家出同然で上京したと、本人は言ってたよ。

山手線を何周も回って考えたらしいよ。

心細いよね。

そして新聞の広告を見て決めたんだ。

新聞配達をして、大学の給費制度を受けようと思ったんだね。新聞配達員の給費生というのが、当時あったんだ。これ大変だよ。

木村は体力があったんだね。

4年で大学を卒業しちゃったよ。

警察官になる切っかけはね。配達先に交番があって、そこの警察官の人柄の良さに傾倒したことが原因らしいよ。

警察官て、なんていい人なんだ。こんな人と一緒に仕事がしたい。感激したんだね。

田舎者だよ。警察官になれって勧められて、すぐなっちゃったんだ。単純だね。

でも人間はいいよ。保証する、私も。

でもね。警察官になってから、そうでもないと、考えたらしいよ。

この木村の学業成績がすごいんだ。

採用試験で満点。全科目だよ。

警察学校では、初任科、現任補習科、共に1番。巡査部長試験も1番。完璧だ。

説明するよ。

採用試験に合格すると警察学校に入る。これが初任科だ。卒業して警察署に配置され、実務を1年ほど経験すると、また短期間警察学校に入る。これが現任補習科だ。

この現任補習科を修了してはじめて一人前の警察官として認められる。つまり、刑事や交通係など、専務の道がひらかれるんだ。

でも、今は変更されてる。いっとくよ。

木村、巡査部長で足踏みしたんだね。

警部補試験落ちたよ。

上にいくのが否《いや》になっちゃったんだ。

警察官になって3年だ。あるよね。

警察で出世して何になるんだ。

もっと別の生き方があるんじゃないか。

そういう時、コンピューター講習の募集があって応募したんだね。

修平は現任補習科が終わって体調を崩していた。それなのに警視庁内の運動競技にひっぱり回された。

午前中、水泳選手として水泳の練習。午後は、柔道の選手として柔道の練習。さらにマラソンの選手にもされていた。

修平、運動能力高いんだよ。

警視庁の体力検定1級だよ。

これは警視庁の警察官の中で、1パーセントしかいないんだ。能力はあるんだけど。

でも修平、この時、病気でね。

苦しかったんだ。正確には、自分の病気が分からない段階で、疲れていたんだ。心配した警ら係の担当の主任（巡査部長）が、気を利《き》かして、修平のためにコンピューター講習を申し込んでくれたものだ。

誰でも受かるものじゃないよ、講習は。

選考されて受かったんだ。

木村と修平は気が合ったけどね。立場は、先輩で巡査部長の木村と、後輩で巡査の修平だ。上下の階級の壁がある。対等ではない。

これはむしろ木村の方が、気を使っていたよ。いいヤツだね。

1カ月ほどの講習が終わると、修平は痔の手術をしたよ。

痔瘻《じろう》でね、尾籠《びろう》だからやめるよ。

それ以後2人は、会う機会はなかった。

修平は手紙を書いた。

木村よ出世しろという内容だよ。

もちろん敬語は使ってますよ。

木村ほどの才人を自分は知らない。生来の指導力、統率力を持っている希有な人物だ。貴君のためならば、自分はすすんで参謀にもなりたいくらいだ。下にいて何になる。上にいって、警察の組織を良くしてほしい。

そう修平は書きましたよ。

インスパイアー（inspire：鼓舞する）されたようですよ。そうだよな。

しかし修平が退職すると、木村は年賀状をくれなくなった。よく聞く話だね。

薄情なんだ。いっとくよ私は。

この木村に頼ろうとした。

うん、どうかね。

内海に、木村の所在を調べてもらった。

警備課長までやった男だ。すぐわかった。

ところで、警備課長ってわかるかな。

警視庁本部の課長ですよ。警察署長を経験した上で、はじめてなれる役職ですよ。

階級でいえば、警視正か警視長だ。

来たね、木村。えらいよ、あんた。

忘れなかったね、昔のこと。

木村は警視庁を定年退職して、今じゃ大きな警備会社の副社長だ。はっきり言って、天下りだよ。いっとく。

会ったね、2人は。

さすがに県警本部も、元警備課長ということで、気を使って、接見室ではなく、捜査の取調室で会わせてくれたよ。

接見室は、留置人が弁護士と会う所で、窓越しで狭いんだ。まだ取調室の方が広くていいよ。

直接会えるからね。

挨拶は省くよ。

「聞きましたよ。私も調べてみました。前川さんの財布が、宮上《みやかみ》の農家の庭で発見されているんです。この家は50代の女性のひとり暮らしで、9月27日、つまり千歳川《ちとせがわ》で首が発見された次の日に、失踪《しっそう》しているんです。家の中の土間に大量の血があったようです。これはまだ広報されていません。まだ事件か事故かも不明ですから」

木村が状況を説明した。

「女の失踪と、千歳川の首とは関係があるんですか」

ジジイ修平が聞く。

「わかりませんね。詳しい情報は教えてくれない。財布はどうしました？　中には自動車の運転免許証とお金が入っていたそうです」

「財布は9月25日に町でなくしたんです。これは駅前の交番に遺失物の届け出をしています。落としたのか、盗《と》られたのかも分かりません。警察からは財布のことも聞いてません。いま初めて知ったんです」

「警察は、前川さんの、アリバイ確認をしましたか」

「それがウラを取っている様子がないんですよ。調べもやらないで、雑談ばかりです。こんなだから、木村さんの助けを求めたんです。迷惑だったでしょうけど」

「何を言うんだ。私のことは気にしないで。私も何か手を考えます。つらいけど、もう少し頑張ってください。とにかく早く、あなたを出すようにしますからね」

木村は帰った。

アリバイ（alibi）現場不在証明

英語の辞書にありますよ。他意はなし。

木村は手配した。

木村が巡査部長で交番勤務をしていた時、キャリア組の新任が警察大学校から見習いで来た。この男が、今では警察庁長官になっていた。警察のトップだ。

キャリア知ってる？　彼らは、警察官採用試験を受けて警察官になる人とは違うんですよ。国家公務員上級職試験に合格して来る者で、いきなり警察大学校で勉強するんです。

現場なんてやりません。知りませんよ。ちょっと触るだけです。でも出世するヤツは違うんですね。出会いを大切にして、後々《のちのち》付き合いを続けるんですね。人脈だってさ。

これも政治力ですよ。上にいくとね。

木村の依頼で、警察庁長官が電話すると、２日後に釈放された。

ヒエラルキー（階層組織）ですね。
こわいよ。上の者ほど、その上におべっか使いますよ。出世欲だね。
電話の内容、気になる？
アリバイ捜査をしてはどうか。ウラを取れ。
こう示唆《しさ》したんです。
指示じゃないですよ。木村頭いいね。長官に迷惑がかからないように考えたんだね。
9月27日午後4時から5時、湯河原駅前の小田歯科で、メンテナンスを受けていた。
これがアリバイになった。
甘いね。灰色だよ。ヒトダマは思うけど。
それでも警察庁長官からの電話だからね。
本部の課長、諒解しちゃったよ。上の刑事部長になりたいものね。わかるわかるよ。
また木村正博、訪ねて来たよ。旧交だね。あたためる気だよ。これが友情。いいよね。
「居酒屋ひばり」に行った。木村の指定だ。なぜ？　すぐわかるよ。
木村、酒好きだね。強いよ。

髪の毛、まっ白だ。飲み過ぎだね。

私は思うよ。どうでもいいけど。

「実は、県警は情報をわれわれに教えないですからね。私の警備会社で捜査したんです。ヤツら、おどろくほど杜撰《ずさん》な捜査をしてますよ。長官から電話があって、初めて前川さんの財布の遺失届けを調べたんですからね。歯医者に行ったウラもそうです。この事件の県警本部の統括責任者は、捜査1課係長の高野昇《たかののぼる》警部です。彼は、半年前に捜査1課に異動して来たんですが、それまで少年係の経験しかないんですよ。そんなくらいだから、部下とも、小田原署とも、うまくいってないようですね」

木村が怒りを込めて言った。

「捜査は素人なんですね。私は10日も留置されましたからね。自白でも待っていたんですかね。供述調書すら取らなかったんですから。何を考えていたのか」

ジジイ修平も、あらためて肚が立ったよ。

「本部事件だけど、捜査1課長は、小田原署に来る気配もない。どうでもいい事件なんですかね。私の経験では考えられないな」

「こうなったら、私が犯人を挙《あ》げて解決したいですね。身の潔白を証明するには、それしかないかも知れない」

「協力しますよ。そのために調べたんですよ。ここに、9月27日に女が失踪した件を通報した男が来るんです。情報源になると思ってね、あなたと待ち合わせしたんですよ」

そして、それらしき男が2人連れで来た。

2人とも小柄でやせていた。

木村と修平は席を移動して、男の隣にすわり、聞き耳を立てていましたよ。

「富田《とみた》さん。曽根《そね》さんの件ね。わたしが第1発見者ですよ。家の中に血があってね。ふるえちゃった。スマホで警察呼ぼうとしたら、何番だか忘れちゃって」

「宮《みや》ちゃん。曽根さんて、曽根多鶴子《そねたずこ》さんの家だろ。局でも聞いたけどさ。大変だったなあ」

「そうだよ。警察では長く聞かれるし、配達はしなくちゃいけないし、気が気じゃなかったよ。それでさ。土肥《どい》郵便局の生《い》き字引《じびき》といえば富田さんだから、話しとこうと思ってさ。どこ行っちゃったんだろう」

「さあね。あそこは山の一番上の家だろう。下の家もみんな曽根で、親戚だしな。亭主は20年以上も前に、事故で死んでるだろう。男の子が1人いて、東京で所帯持ってるし、もめ事もなかったよ」

「血は何だろうね。洗面器1杯ぐらいあったよ。殺されたのかな。わたしが第1発見者だから、警察に疑われるのかな」

「宮ちゃん。曽根多鶴子さんは、いないんだろう。それ発見者じゃなくって、通報者なんだろう、宮ちゃんは」

「そうなの？」

ころは良し、木村が言ったよ。

おっと、その前に。

2人について説明しておこうよ。

通報者は、宮川明二《みやがわあきじ》、31歳。

土肥《どい》郵便局集配業務の外務員。郵便配達のことだね。小田原の農家の次男で、妻に子供が2人いるよ。

配達で曽根家に行ったんだね。

相方《あいかた》、といっても漫才じゃないよ。

富田不二男《とみたふじお》、69歳。土肥郵便局外務員のOB（old boy）で、集配のアルバイトをしている。これは頼まれてしているのであって、好んでやっているのではない。郵便配達の窮状を見て、助っ人をしたものだが、体力的限界を感じていた。湯河原駅に近い宮下《みやした》に住む地元の人で、土肥郵便局の生き字引といわれるほど、湯河原の地域に精通していた。

「失礼ですが。話を聞かせてもらいました。偶然ですね。私はこういう者です」

木村が名刺を渡した。

木村の警備会社はテレビのコマーシャルでも有名で、全国に知られていた。

「えっ。警備会社CQの副社長さん。そうだよね、富田さん」

聞いてるよ、宮川が。

「実はね。私のとなりにいる、この男は、私が警視庁の警察官をしていた時の親友なんですよ。彼が、あろうことか、曽根多鶴子さんが失踪した件の犯人かのように、警察に疑われているんですよ。それで悩んでいたら、偶然あなたたちに会えた。よかった。神の助けです。ねえ。力を貸していただけませんか」

うまいよ木村。

副社長という名刺と、警察官経歴。

効果あったね。

つづくよ。

「偶然て、あるんですね。あなた、郵便局の方《かた》ですか、宮ちゃん」

木村だね。

「はい、副社長さん。警察だったのですか。わたしは、知ってること、何でも話しますよ。ねえ、富田さん、ねえ」

宮川は期待薄だが、富田不二男は、情報の宝庫だった。

修平は駄菓子屋アメアルヨの主人ということで、近しく交際できるようになった。

家は、線路をはさんで20分ほどだ。

宮川と木村、電車で帰りましたよ。

木村の体格、変わらないね。見かけは。

中身は、変わるよね。

筋肉は脂肪になってるよ、きっと。

なにが？

木村の警備課長、伊達じゃないんだよ。

ゆっとくけど。

ＳＰ（security police）知ってるよね。

要人警護でテレビに映るだろう。

あれ、警備だよ。木村は、その頭《かしら》だよ。

巡査部長の時、武小《ぶしょう》の分隊長をしていたこともあるんだよ。

説明しようか？

知りたくなければ話さないよ。

私はいいんだけど。聞きたいの？

武小って、警察機動隊の武道小隊のことでね。柔道や剣道の先生になる候補者が、まず入る所なんだよ。

次に、武専。つまり武道専科に行って、その中から選抜されて、柔剣道の先生になるんだ。

木村は柔道の武道小隊の分隊長だった。

先生になるわけじゃないけど、隊員の精鋭たちとは練習しなくちゃならない。

これは避けられない。きついよ。

木村は、身長167センチ、体重75キロ。

小柄だ。

柔道の乱取りは容赦ないよ。

階級もないからね。ここぞと思って、痛めつけようとする者だっているよ。

木村は柔道好きでね。自信はあったらしいよ。実力はどうなのかね。知らないことにしとこう。力は強いんだろうね。

こういう猛者《もさ》なんだよ、木村は。

修平だって、警察10年。

セミ猛者ぐらいかな。

アメアルヨ。

いい名だね。隣が豆腐屋でね。

このおかみさんが、山田紀子《やまだのりこ》、52歳。

先代から駄菓子屋アメアルヨの手伝いをしてくれていたんだよ。どっちが主人かわからないくらいでね。修平も助かっているんだ。

だから修平、ふらっと、店空《あ》けて出ることも多いんだけど、心配ないんだ。

豆腐屋は大家族でね。

店の方は人がいるから、駄菓子屋の方が本業のようなくらいだよ。

人情あるんだよ、湯河原ってところはね。

駄菓子屋アメアルヨ、品数少ないよ。

30種類にしてる。

最近の駄菓子屋すごいよね。100種類以上あたり前だからね。よくおぼえられるよね。

修平は、おぼえられないって、30種類にしたんだよ。

でも3カ月経つと品物を変えるんだ。そんなやり方だけど、人気あるんだよ。

他に夏は心太《ところてん》、冬は焼き芋《いも》を売る。
焼き芋は壺焼《つぼや》きだよ。これが最高だよ。
よく石焼き芋がいいなんていう人は通《つう》じゃないね。石焼き芋は湿気《しけ》ちゃうじゃないか。
壺焼きは、ほっこり味が最高さ。
鉄の鉤《かぎ》にかけて、黒くはなるけど、味がいいから我慢だよ。
あとね、アメアルヨは、飴《あめ》を売らないんだ。歯が悪くなるからって修平は言ってるよ。
事程左様《ことほどさよう》に繁盛していたよ。
修平、まず、どこで財布を遺失したのか、考えたよ。
9月25日、そうだ電気量販店に行った。
長くかかって思い出した。留置場じゃ余裕なかったんだね。修平小心者かね。
電気量販店で、何を買ったのか。
買ってない。トイレだよ。
トイレに行ったんだ。そしてトイレの棚に財布を置いて、出て来ちゃったんだ。
手がかりはなし。

修平は金がないから車を持ってなかった。

いや、金がないは余計だよ。

それで50 ccのバイクを買った。

カブだ。丈夫だからね。すごいよ。

これで小田原署に行くんだよ。

嫌がらせだよ。

まず、いきなり階段を上がって、捜査課長のところへ行く。挨拶は必要だよ。この人、
修平が行くと、きっと立って「ごくろうさまです」って言うよ。そんな人、名はいいよ。

次に本部の部屋だ。

修平、ノックもしない。喧嘩腰だからね。

「ごくろうさん。そのまま、そのまま」

そう言うんだよ修平。

本部の高野係長、修平の顔見ると、逃げるよ。他の部屋に行くんだ。あからさまだね。

修平言うよ。

「君たちも苦労するね。ガンバれよ」

しかし本部員、口が堅いね。

情報くれないよ。

でも、嫌がらせだからね。

これでいいんだよ。

修平すぐ帰るよ。

情報のおこぼれ欲しいけどね。

副署長に挨拶して、さようならだ。

これを3日もしていたらね。

警察署の階段で、所在なげにしている制服の警察官がいたよ。上に行こうか、行くまいか迷っているんだね。

地域係か。

この地域係って何だい？

いやだね。昔は警ら係って言っただろう。警らは、パトロールの意味だから、分かりやすいけど。地域って、警察になじむのかね。

どうも、どこかの県警の発案で、変わってしまったらしいけど。これも現場を知らない、
キャリア組が考えたんじゃないのかね。現場の警察官は迷惑しているんだよ。

それに比べて、発案者は、こんなバカげた実績で、出世してしまうんだよ。

現場に代わって言っとくよ。

キャリアはいらない！

スイマセン。

あたし気が弱いんです、ホントは。

いや地域係の警察官だ。

修平、タバコをすすめたよ。

制服のヤツ、すぐもらって吸ったよ。

これが映画で有名なフーテンの寅《とら》の役者、渥美清《あつみきよし》にそっくりだ。大きな四角い顔をし
て、細い目にメガネをかけてる。それに鼻の下にちょびヒゲをしているんだ。笑えるよ。

「お巡りさんは、小田原ですか」

修平話したね。

「おたく、前川さんでしょ。知ってますよ。まあ、外に出て話しましょう」

寅さん、何かありそうだよ。

ところで寅さん、ちょび寅と呼んでやろうよ、ね。

「きょうは地域1係の当番日だから、わたしも同じ係で来たんですがね。署長がわたしを見ると、ヒゲ剃《そ》れって、言うんですよ。署長は、わたしより後輩ですよ。先輩に対して、それはないですよね。わたしから見れば若造《わかぞう》ですよ。失礼ですよね」

ちょび寅、たまってるね。

「そうですか。行かなくていいですよ。じゃあ、近くの喫茶店で、すこし話しませんか」

情報ですよ、修平。

「いやあ、それはまずいでしょう。わたし制服ですからね。あっ、そうです。わたし宮上《みやかみ》の駐在をしてるんです。吉田《よしだ》です。ちょっと」

ちょび寅は、辺《あた》りを気にしながら、警察署の建物の陰《かげ》に修平を誘って、制服の上衣のポケットを探《さぐ》った。

「あった。これ、何だと思います」

「輪ゴムですね」

緑色の大きな輪ゴムだった。

「これは、9月27日に失踪した曽根多鶴子の家の中にあったんですよ。110番通報があって、一番早く、わたしが行ったんですから。現場で、血のそばに落ちていたんで、拾《ひろ》っておいたんです。本部の高野係長にも見せたんですが、相手にしてくれないんですよ。駐在だと思って差別しやがって」

拾っちゃいけないんだとも言えなくて、修平は言ったよ。

「調べてみたいんですけど、それ、あずからせてもらえませんか」

「ああ、あげますよ。あなたは警察の先輩だ。身内ですからね。わたし、用事もあるんで帰ります。ぜひ、駐在所に来てくださいよ、ね。お役に立てるかも知れないし。疑われてるんでしょ。信用してますよ、わたしは」

ちょび寅は、白い70ccのオートバイで帰ってしまいましたよ。

修平もバイクなんだけど、追うわけにもいかなくて、時間つぶしして帰りました。

輪ゴム、輪ゴム、誰のもの。

修平、土肥の生き字引富田の家に行きましたよ。大きな家でね。これじゃアルバイトすることない、と思いました。

でもね。奥さん、足が悪くて介護状態だったんだね。息子は結婚していて、同居してるけど、共働きで、富田不二男が奥さんの世話をしていたんだね。

しかし奥さん、元気でね。口は達者。

「前川さん。あんた、アメアルヨの主人だってね。あそこは、わたしも子供のころ、よく行ってたのよ。わたしは中央《ちゅうおう》の方に家があってさ。そうよ。あんた独り者だってね。いい人いないの？　さがそうか」

うるさい、うるさい。

自分は町役場に勤めていて、富田不二男と見合い結婚をしたとかさ。聞きたくないよ。

不二男は郵便配達のアルバイト中で、いなかったので、修平帰ったよ。

1日おいて宮上駐在所に向かいましたよ。もちろんバイクですよ。疲れるものね。

途中、人家から離れた山道に、ぽつんと酒屋が在ってね。

修平、タバコを買いに、寄りましたよ。

禁煙できないんだね。

バカ、と言っておこうか。私はヒトダマだからね、言ってもいいでしょ。いいよね。

バイクを止《と》めて、びっくりしたよ。

黒い、大きな物が、動くんだよ。

当たるところだった。

見るとね。人が寝ているんだよ。

泥《どろ》のような人だよ。

ヨガ修行僧というのかね。裸で。

インドの行者でサドゥーっているだろう。

ズボンだけ穿《は》いているけど、丁度、テレビドラマであった、緑の超人ハルクみたいだよ。

ズボンは膝までしかなくて、ズタズタ、ボロボロだ。尻の方が大きく裂けてたよ。

髪もヒゲもボウボウ。サドゥーだね。

修平、タバコを買って、店の外に出ると、サドゥーいたよ。上半身を起こして、脚《あし》は投げ出した恰好だ。

よく見ると、近くに、ワンカップの酒の空《あ》きコップがいくつもあったから。

サドゥー、酒飲んで酔っぱらって、眠ってたんだね。昼間だよ。

どうも、修平がタバコを吸っていると、物欲しそうでね。修平、吸ってるタバコを、やったんだ。そうしたら、素直に吸うんだ。

修平、何を思ったのか、箱ごとタバコをやると、両手で大事そうに持って、立ち上がり、山の方へ歩いて行っちゃったよ。

酒屋の亭主が、店からのぞいていたから、修平聞いたよ。

「あれ乞食ですか。ご亭主、知っているんですか」

酒屋の亭主は笑うだけだよ。

それも声を出さずに笑っているんだ。

なんだろう。感じ悪いよね。

しかしサドゥー。大きかったよ。

身長１８０センチ、体重80キロかな。

逆三角形の筋肉質、まるで鬼だね。

宮上《みやかみ》駐在所、行ったよ。

吉田忠男《よしだただお》巡査長、54歳。1人でいたよ。

奥さん、近くの旅館で、仲居《なかい》のアルバイトしてるんだって。これ違反じゃないの？

駐在所は、24時間駐在が条件の官舎で、そこに住む奥さんにも手当《てあて》が出ているんだよ。

まったく。

「吉田さん。この近くで、今《いま》、体の大きな裸の乞食を見たんですが、知ってますか」

「いや、見たことないですね。たまたまじゃないんですか。そんなことよりね。わたしは駐在になったら、巡査部長になれるっていうから、なったんですよ。小田原の曽我に家建てたんです。駐在になって3年ですよ。推薦で巡査部長になっていいころでしょ。こんなさびしい所いやだったけど、推薦があると思うから来たんですよ」

来るのが間違いだった。修平思ったよ。

駐在所の話、しようか。

こんな吉田みたいな駐在、多いよ。

ある人は、駐在所勤務で、警部補になっちゃったよ。もちろん試験で上がったんじゃないよ。推薦で警部補に昇任だよ。

仕事できないよ。遺失物と拾得物の取り扱いしかできなかったよ。これ警察だからねこまるよ。なおしてほしいよね。

修平帰ったよ。次の日、富田の家に行った。不二男がいた。休みの日だったよ。サドゥーの話をするとね。知ってたよ。

この話、こわいよ。聞きましたよ。

彼の名は、富田《とみた》十郎《じゅうろう》。

富田といっても、不二男と親戚じゃないよ。このあたりには多い名前なんだ。家は宮上《みやかみ》の農家だったが絶家した。

十郎、いくつだと思う？

富田不二男と同い年、69歳だよ。体は超人ハルクのよう、サドゥーのようで、若く見えたね。

10代のころ、国鉄（ＪＲ）に勤めたんだ。

国鉄に勤めてから、おかしくなった。家に上がらず、土間で寝るようになったんだよ。何を言っても聞かない。土間で生活するようになった。国鉄も辞めてしまって、家を出た。山で生活するようになったんだ。

食べ物が欲しくなると、山から下りて来て、地元の農家を回るんだ。乞食だね。地元の人は知ってるからね。

食べ物や、着る物を、やっているんだよ。

これはね。実在したんだよ。体はアバウトで、大きくしたけど、大男に見えたよ。ぜい肉のない体で、ふとっていてね。50年以上も健康な体なんだよ。考えられるかい。私は69歳ごろまでウオッチ（watch）したから言えるんだ。実話でね。推理好きの人には、どこの人間か想像できるようにはしたんだよ。

私は去っちゃったから、その後は知らないけど、サドゥーだと思ったね。

知的障害があるのに、体は頑健で、地元の援助で長く生きた。マイナー（minor）な話。どう思う？　ひとりごと。

修平はまだ曽根多鶴子の家を見てないので、富田に案内をたのんだ。

富田の次の休みの日、2人は行ったよ。

富田は、車にもバイクにも乗れなくて、自転車なんだよ。修平はバイク。時間かかるよ。宮上《みやかみ》の奥で、老人の自転車だからね。忍耐だよ、修平。

急な坂の所に、段々畑のように、家が在ってね。五層になった、一番上が、曽根多鶴子の家だ。

自転車と、50ccのバイクじゃ、きつい。老人だし。下に置いて、歩いてのぼりました。

えんやこりゃさ。

黒い背広を着た男が、玄関の前に、立っていたよ。足は裸足《はだし》。2人が行くと、ふり返った。サドゥーの十郎だよ。

逃げて行こうとしたよ。

「おーい、十郎。オレだよ。不二男《ふじお》だよ。ちょっと、タバコ、やるからな」

富田が、タバコに火を点《つ》けて、十郎にわたした。

「十郎。曽根多鶴子さんは、いなくなっちゃったんだよ。お前、立っていても出て来ないぞ。どこに行ったのか、だれも知らないんだ。みんなで捜しているんだ。お前も捜してくれないか。よく食べ物をくれた多鶴子さんだ。わかるよな。わかったら教えてくれよ」

富田が言うと、十郎は下を向いて、タバコを吸っていたが、無表情のまま、ゆっくりと向きを変えて、山の方へ歩いて行った。

富田も、それ以上言わなかった。

「富田さん。十郎は、背広を着てましたね」

修平が言った。

背広といっても、下着もなしに着ている状態だった。

「どこかで、もらったんでしょうね。彼は、使い捨てだから」

「まだ新しいですね。それから、前見た時のズボンもそうだったけど、今度も尻の方が裂けてるんですけど」

「十郎のスタイルですよ。用を足《た》すのに便利でしょ。冬でもそうですよ」

「大きな背広ですよね。十郎が着られるんだから」

「そういえばそうですね。だれのだか」

これでおしまい。

修平、捜査の方針、考えましたよ。手がかりないからね。当分、十郎を追ってみようと思いましたよ。なんか興味あるでしょ。サドゥーだもの。富田にたのもう。

それで、十郎が乞食《こつじき》におとずれる立ち寄り先の農家を、地図に書いてもらいましたよ。12軒あったけど、1軒は失踪した曽根多鶴子の家だったから、今は11軒。中にお寺が1軒あった。お寺は1寺ですかね、どうだろ。

ここまでは、いいなと思っていたら、富田の奥さんにつかまった。たいへん。

「前川さん。あんたも口《くち》が重いね。ウチの亭主と同じだ。ど突くよ。あの宮上《みやかみ》の駐在の所に行ったんだってね。あっはは。あの駐在は東の方で110番があると、西の方へ飛んで行くんだってよ。110番から逃げるのうまいんだって。大きな四角の顔らしいね。アダナ知ってる？　畳《たたみ》っていうんだって、四角いから。あっはは|。ところでね、前川さん、結婚すれば？　あんたアメアルヨやってるんだから、金あると思って結婚する女だっているよ、ホントに。それからね。スマホ、あんた持ってないんだね。ウチの亭主もなんだよ。持ちなっていうんだけど、扱い方がわからないって、もうろくよ。あんたもそうなの？」

これですよ、さよなら。

ちょっと、いいかね。

富田の奥さん、不二男より、五つ年上だって。頭あがんないよね。

別に、それだけ。いけませんか。

木村が、修平に、名刺を届けてくれましたよ。ヘルメットに防護衣を着たCQの警備員が、警備車でアメアルヨまで来て、名刺100枚、置いていった。カラー版だ。

名刺には「警備会社CQ　特別調査員　前川修平」だって。捜査がやり易《やす》いように、木村、考えてくれたんですよ。

捜査といっても、修平は一般人。ただのジジイですよ。ホントだよ。警察のようにはいかないからね。理由付けは必要ですよ。

聞き込みをする時は、名刺、富田不二男、宮上《みやかみ》駐在の畳《たたみ》、いやちょび寅、いや吉田忠男、を利用する。準備はできましたよ。

十郎に会ったら、くれてやるために、酒とパンを用意して、聞き込みですよ。

バイクでね。自転車じゃ疲れます、ハイ。

会おうとすると、十郎、姿見せないですね。でも、いくつか調べましたよ。

富田は、今お寺を含めて11軒あると言ったけど、他の農家に行くこともあるようだ。

確実にくれる家が11軒らしい。

また、十郎と同じように大きな人は、11軒の中にいたけど、最近、背広をくれてやった家はないようだ。

くれてやるって、気になる？

悪意ないですよ。上からでもないです。

それから、お金をやることは、まずないらしい。酒屋で飲んでいたのは、どうしたんだろう。こっちが気になります。

十郎の乞食《こつじき》、だまって立っているんだね。

家人が気付いて、食べ物をやるんだ。

請求しないんだね。これサドゥーだね。

何時間でも立っている時、あるんだって。

これじゃ修平、尾行できないね。

修平、頻尿《ひんにょう》だもの。尿意には勝てないよ。

酒屋は非協力。畳、いや駐在ちょび寅は、十郎を知らない。そうか、わからん。

酒とパン、2~3日すると、食べちゃう、飲んじゃう。逆？ 気にしないよ。

何回むだにしたのかね。

みかん山に行ったら、十郎いたんだよ。

バイクじゃ、のぼれなくて、歩いて行ったら。みかん畑の、物置小屋のそばで、寝ていたよ。何か燃した炭《すみ》の上で、眠ってるんだ。

寒さしのぎかね。十郎、頭いいよ。

「十郎、やっと会えたな。オレだよ。前にタバコやっただろう。今度は酒とパンあるぞ。くれてやるよ」

修平言いました。

上からじゃないです。ゆっときますけど。

「ああ十郎、そこで食べろ。オレはすぐ帰るから。また仲良くしような。オレ、前川だ。な、前川だよ」

修平、何を考えているんでしょうね。
ジジイだから、たいしたことはないかな。
また首が出ましたよ。
11月2日、千歳川上流、昼間に子供が発見したようです。修平は新聞で知りました。
警察署では、情報を取れない。
ちょび寅駐在に行きましたよ。
「わたしは、まっ先に行って、見ました。白骨化して、古いですよ、今回の髑髏《どくろ》は」
吉田巡査長は、得意になって話した。
しかし情報はこれだけ、手がかりはなし。
巡査長ってわかる？
これ階級じゃないんですよ。巡査の上は、巡査部長だから。じゃあ何？
これ役職名だってさ。
昔は交番の長を巡査長にして恰好つけたんだけど、今じゃ意味ないんだよ、本当は。
だのにやめないね。

20代で巡査長っているだろう。あれ、機動隊を経験すると、巡査長になるんだよ。
功労のつもりだろうけど。どうでしょう。
現代は階級大安売りの時代だからね。
警視庁本館にでも行ってごらん。
ちょっとぶつかると警視だよ。警察署長になれる階級の者が、いっぱいいるよ。
ヒエラルキー、どうでしょう。
意味おぼえてる？　教えないから。
それからね。おまけだけど。テレビドラマで、警視庁の警察官が出て、「本庁」って、
よく言うだろう。あれウソだよ。
ほんものは「本庁」なんて言葉は、絶対に使わないんだよ。
それを言うなら「本部」って言うんだよ。
知らない書き手なんだと、識者は思っているんだよ。知ってると気になるよ。
私は気が弱いから、これ以上悪くは言わないよ。
ヒトダマですよ私は。いっとくから。

郵便局の飲み会があるっていうんでね。

修平、富田にくっついて、居酒屋ひばりへ行ったよ。ここ安いんだ。いいよ。

局員は5人いた。

1人は内務、ほかは外務員だ。OBが1人。それに富田OBと修平。8人になるね。

「それでは今宵《こよい》も楽しくありますように、カンパーイだ」

宮川だよ。

眉毛《まゆげ》さがってる。見ると笑うよ、きっと。

おやー。修平気付いたよ。

宮川の手首に、輪ゴム、がしてあるんだよ。それも、いくつも。

「その手の輪ゴム。それ、何ですか？」

修平聞いたよ。

「いやあ。これは、郵便物の結束《けっそく》に使っている輪ゴムですよ」

富田が答えた。

「これなんですけど」

修平、ちょび寅駐在からもらった輪ゴムを見せた。

「それは色が違いますね。土肥郵便局のじゃない。土肥は、今《いま》、赤色。宮ちゃんが持ってるヤツです」

富田、そう言ったよ。

「この、緑色の輪ゴムは、郵便局のじゃないんですか」

「いや、他の局で使っているかも知れないけど。特別の物じゃないしな」

行き詰まったね。

「それよりおい。大島《おおしま》を見たぞ。野郎、ナカジマ電器の駐車場で、小百合《さゆり》と抱き合ってたぞ。オレがナカジマ電器の警備員してるとも知らねえで、あのバカ野郎」

土肥郵便局ＯＢ。この男、黒木玄三郎《くろきげんざぶろう》、54歳は、貯金と保険担当の外務員だった。成績は良かったが素行が悪く、キャバクラ嬢にみついで、郵便保険の保険料を着服して懲戒免職になった。それが3年前で、大島に摘発されたことから、大島を恨《うら》んでいた。

身長185センチ、体重100キロの巨漢だ。湯河原町中央《ちゅうおう》に家がある。地元の人間だった。

あの、いいですか。

電気量販店といえばいいのか、家電量販店といえばいいのか。どっち？

ナカジマ電器は湯河原町中央《ちゅうおう》に在る。そういう大型小売店なんです。どうぞそのまま。

「えらいことですね。まだ続いてるんだ。大島さん、土肥にはもういないから、のびのびやってるんだ。浮気だよね。２人とも家庭があって、子供も大きいでしょ。大島さん言ってたよ。子供に剣道習わせてるんだって。学校の成績は3だけど、文武両道が、わが家の教育方針だってよ」

と宮川が言った。

「おめえ、勉強が5でなくちゃ、文武両道にはならねえだろう。バカなんだよ、大島に似て」

黒木は、坊主頭に、ぎょろ目、色黒で、映画に出てくるヤクザのように、恐ろしい顔をしていた。

「それで、大島さん、やっぱりベンツだった？　車は」

「宮ちゃん。『大島さん』なんて言うな。呼び付けにしろよ。おこるぞ、オレは。えー。そうだ、黒いベンツだ。手当《てあて》を横取りしやがって。自分で手当付けてるんだから、自由にならあな、なあおい」

黒木、荒れてますよ。

そこに、貯金保険担当の外務員で、原口《はらぐち》という50年配の男が口をはさんできた。

「黒木さん。大島が土肥にいた時ね、こういうことがあったんですよ。若手の者と、手当が違うんですよ。保険の手当を除いて計算すると、定額貯金を、私は年間2億5000万円あげたんですよ。若手は7000万円だったのに、手当が私より多いんです。保険も実績は負けてないんです。それで副局長に話したんです。そうしたら、その副局長、調べるとは言ったんだけど、調べる勇気もなくて、局長にも言えず、転勤して行っちゃったんですよ」

「そうだべ。オレも局を辞《や》めてから気付いたんだ。乗り込んで行って、局長にも言ったんだぞ。佐々木局長も、だめなヤツだ」

「大島は土肥郵便局に12年いたんでしょ。佐々木局長は9年、あと3年で定年の65歳ですね。前に言ってましたよ。大島くんの悪いことは知ってるけど、まあ、どこかの局長にして、出て行ってもらうんだって」

「くそ、佐々木もそういうヤツだ。オレは死ぬ前に、きっと、大島を殺してやるんだ」

黒木ですよ。

「え、そんなこと言っちゃ、いやですよ。飲みましょう。そうだ、黒木さん。十郎を、このあいだ見たんですよ。そうしたら、黒い背広を着てたんです。ズボンが引きずれるほど長かったから、黒木さんがあげたのかと思ったんですけど、あれそう？」

宮ちゃんです。

「オレかあ？　知らねえよ。背広やったのは何年も前だ。今は、金が無いよ、金が」

整理しましょう。

郵便局には種類があった。普通局、特定局、簡易局。郵政民営化まで。あくまでもね。

簡易局は、郵便窓口業務を地方公共団体や組合、個人などに委託したもので、大きな会社の中など意外な所にあるが、これは特定局に含んで考える。

普通局は大きな町にある、大きな郵便局で、職員の数も多く、１００人以上いたりする、本当の郵便局だ。

では、本当でない郵便局があるのか。

特定局だ。

特定局は、全国の郵便局の4分の3という数になる。個人が局舎を提供しているものだ。特定局には、集配業務を行う集配特定局と、窓口業務だけの無集配特定局がある。

この特定局は、郵政省の管轄外だった。

つまり、およそ10局ぐらいの特定局がグループを組んで、部会と称して、人事などは部会で行う。郵政省は部会の人事に介入できない。犯罪にならない限り、多少の不正があっても、郵政省は、特定局に対して、何も手出しできない。

特定局長の権限は強く、昔は現地採用といって、無試験で郵便局員になれた。外務員を内務員にすることもできた。ひどい例は、外務員で現地採用した者が、業務上横領で懲戒免職になったが、特定局長はこの人物を再び現地採用して、外務から内務にした。彼はのち、無集配特定局長になってしまった。

特定局長は政治活動をする。しかし票は幻想だ。局員は絶対局長には従わない。

また特定局長といっても、局舎の所有者が局長というのは意外に少ない。

何代も続かずに、局舎を持たない職員が異動で来る、所謂、腰掛け局長の方が多い。

かつて内務員は21歳までしか受験できなかった。大学生は4年の7月ごろ受験して、合格すると翌年採用になる。

こんな制度のために、局員の質は推して知るべしだ。内務と外務の差別もひどい。

明治以来変わっていないと言っていい。

２００７年10月1日、郵政民営化実施。

これで何が変わったのか。

特定局の体制はあまり変わらないが、外務員の環境は悪化している。

そう、黒木が言ってましたよ。

黒木玄三郎ですよ。私ではありません。

私、ヒトダマですよ。

また、黒木が言ってましたけどね。特定局長の商売、おいしかったそうですよ。

局舎の賃貸料が年間、１０００万円。局長給与年間、１３００万円。渡し切り費と称した機密費年間、４００万円。

これ20世紀末ごろの話だと、黒木が言ってました。リアルな数字ですよ。もっと多いかも知れないくらいだと、黒木は言ってたよ。

これ保証はしませんよ。黒木だから。

私はヒトダマ。気楽きらく。

土肥《どい》郵便局は集配特定郵便局。佐々木局長は、局舎を持たない腰掛け局長、62歳。

これ、変でしょ。普通局なら60歳定年で退職ですよ。特定局の局長は65歳までやれる。局員は60歳定年。また局舎を持っている局長は67歳までやれた。今は昔の物語。

普通局に行くか、特定局に行くかは、くじのようなもので、決まったら辞めるまで、普通局はその中で、特定局は部会内で異動することになります、多くがね。

佐々木局長、もうけちゃったんです。

土肥局は局員20名。外務員9名、内務員11名。上から、局長、副局長、局長代理。

この局長代理が大島啓一《おおしまけいいち》だったんです。

内務員で窓口業務の貯金担当、そして、保険担当。外務員3名の貯金保険担当。これらは局長代理の大島が総括していたんです。

この局長代理が悪《あく》だったら、大変ですよ。

貯金、保険、の募集手当は大島が付けるんです。それでも保険は記録が残るので不正はできませんが、貯金は、大島次第《しだい》。どうにでも、できてしまうんです。驚いたことに。

だから、外務員で貯保担当の原口が、手当を不当に少なくされたようなことも起こったんです。

これ、犯罪ですよ。

悪意をもって不正をしているんですから。

それを知って、副局長が何もできないって考えられますか。あるんですよ。

佐々木局長は、大島の不正に気付くのに、3年かかったんです。内部告発があったのに、耳を貸さず、大島の方を信じて、3年ですよ。局員はあきれて、局長を、もう信用しなくなっちゃいましたよ。

大島は、局長をバカにして、やりたい放題になりました。

副局長、いますよね。

副局長というのは、次に局長を約束されているポジションなんです。

1〜2年のうちに、どこかの局長になって出て行くんです。わかるでしょう。長く居《い》る気は無い、やる気も無い。これですよ。

局長は65歳定年まで、無事に、ぶじに。

局員、犠牲ですよ。

郵便局員の給与は高くなかったんですよ。局長と違います。地方公務員上級職が10とすると、6ぐらいです。

ところが。郵便局には、貯金、保険、の募集手当があります。

外務員は外務活動からして限度があるけど。内務の窓口は、限度ありませんよ。

良い客が来ると、担当者を押し退《の》けて、大島自分で、窓口にすわりますよ。

「局長── の大島です」

こう言うんです。「代理」は聞こえないくらい小さな声で言うんですよ。来る客は、みんな局長だと思って、信用しちゃうんです。

貯金の手当を、大島自身には付けられないけど、保険はできるんですよ。

小さな局では、よく局長が、局員の募集してきた保険を、横取りしたりするのは、珍しくないんですよ。

保険て、郵便局の簡易保険です。

生命保険の中で一番良いですからね。

大島のような立場の人間が無謀な保険募集をすると、年収2000万円とか3000万円になる。そういう郵便局の窓口職員、つまり内務員が、現実にいたんですよ。

これを、佐々木局長は、勘《かん》づいているのに、把握しようとさえしなかったんですよ。

大島の年収さえ知らない。

見ることはできるんです、局長だから。

大島の愛人が、というよりは愛人の1人が、窓口で保険担当をしている赤井小百合だ。

赤井小百合《あかいさゆり》、47歳。湯河原町中央《ちゅうおう》、地元の人間で、高校を卒業して、土肥郵便局内務員になった。

結婚し、今は箱根町湯本《ゆもと》に住んでいる。

大島とは、偶然高校が一緒で、同学年だった。これが、不倫の切っかけだったんでしょうかね。えっへへ。スイマセン。

いよいよ。

大島啓一《おおしまけいいち》、47歳。三流大学を出て郵便局内務員になり、昇任して他局から異動、土肥郵便局の局長代理として12年在局した。

去年4月、仙石原郵便局長となって転任。仙石原局は職員3名の無集配特定局だ。

大島の家庭は、妻と子供3人。啓一は身長190センチ、体重90キロの大男だった。

住居は小田原市の北、大井町にある。


修平は、サドゥー十郎を追った。

どうも、黒木の悪党面《づら》が気になって、確かめておきたかった。

寺に来るのをマークした。

月に1度か2度、朝か夕方に来るという。

朝に決めて見張った。4日目に来た。

「おーい十郎。オレだ、前川だよ。また、酒とパンやるぞ。来いよ。どうだ、曽根多鶴子さんは見つかったか」

修平が話しかけると、ビクッとした。

どうも「曽根多鶴子」という言葉に反応したようだ。

修平はそれ以上追及しないで、十郎が着ている背広をさわると、上衣を広げて、内ポケットを見た。汚れていたが「大島」と名前が刺繍《ししゅう》されていた。

「いや、いい服だよな。わるかったな。こまったら服もやるぞ。もういいよ。また会おうな」

十郎は、ずっと無言のままだった。

十郎の着ている背広は上質な物で、オーダーメードだと思った。

それなら、内ポケットに名前が書いてあるだろう。それは「黒木玄三郎」の名ではないか。そう修平は考えたんですよ。

シフト（shift：移す）しましたよ。

タバコを1カートン（carton）持って、家電量販店ナカジマ電器の警備室に、黒木玄三郎を訪ねましたよ。

財布を忘れた所だ。

嫌われ者黒木に客。思いがけない訪問者、修平。顔に似合わず喜びましたよ、黒木が。

「前川さん、どうも。おたく、昔は警察だってね。何話す？　いいよいいよ」

黒木は機嫌が良かった。

「大島は、いつごろから、ベンツに乗っているんですか」

修平の聞き込み、巧《たく》みですよ。

修平が警視庁に入って、交番に就《つ》いた時、船生班長という師匠がいましてね。日本一の警察官の技術と心得を学んだんですよ。

質問より、聞き出すこと。

「おーさ。土肥に来て、2年ぐらいかな。だから、もう10年以上だ。たしか3台目になるんじゃねえか、今のは。いつも黒いベンツだ。あのバカ野郎、郵便局で稼《かせ》ぎやがって。年収が、2000万円だとよ」

「そりゃすごい。愛人も、できますよね」

「バカ、あいつ、土肥に来たそうそう、女に電話してんだぞ。いい度胸だよ。郵便局もなめられたもんだ。われわれ貯保担当の所にはよ。郵政から、指導官てのが、時々来るんだよ。セールス話法を教えるんだけどな。こいつに大島のことを告発したんだよ。指導官も実態を知って、怒っていたけど、結局だめさ。郵政の方から部会に注意しても、部会の会長も、土肥の局長も、何もしねえ。ヤツらも自分のことしか考えてねえんだよ」

さんざ聞かされてしまった。

「黒木さん。十郎になんかやりたいと思ってるんだけど会えないんだ。あんた、服をやってたらしいけど。どこに行ったら、十郎はいるんだろう」

核心ですよ。

「あれは、おめえ、ちょっき山だ」

これだけ言うと、黒木は警備の仕事に出て行った。しかし、財布を忘れたトイレの場所は、黒木と再確認することができた。

その日の夜、居酒屋ひばりに、黒木を呼んだ。奴《やっこ》さん飲み助だ、しっぽ振って来たよ。

「黒木さん。昼間は聞けなかったけど、大島と小百合をナカジマ電器の駐車場で見た日付《ひづけ》は、分かるかな」

「おーさ。まてよ、手帳に書いてあるから」

黒木はカレンダー型の手帳を調べた。

「9月25日午後3時になってるな。土曜日だぜ。元気なヤツだな、チキショウ」

「それじゃ、その日、曽根多鶴子さんは見なかったんですか」

「失踪したって人か。あの人は保険に入ってもらったこともあるから知ってるけど、覚えはねえよ。このあたりの人は、みんな来るからな」

「黒木さん。監視カメラを調べることができますか。私が行ったトイレの所だけ、9月25日の午後2時30分から3時30分に絞《しぼ》って、私と大島と小百合と曽根多鶴子が、映っていないか、確認してもらいたいんです。大島と犯罪が結びつくかも知れませんよ」

「うえー。やるよ。チキショウ。あんた、頭いいかもな」

別に。

そこまで修平は考えたわけではない。ただ黒木のモチベーション（motivation：動機付け）を上げるために言ったままで。そうですよ。

次の日、修平は富田不二男の家に行きました。不二男いました。奥さんも。

それを避けて、聞きましたよ。

「黒木さんが、十郎はちょっき山にいるって言ったんですけど、地図にちょっき山っていう名の山はないですね」

富田答えたよ。

「それは、あのホスピスのある所ですよ」

「おまえさん、やだよ。ホスピスって、国立療養所の〝星《ほし》〟とかって名前になった所だろ。昔は結核療養所で、今は終末期ケアとかって。あたしを入れたら承知しないよ。化《ば》けて出てやるから」

こわいですよ奥さん。

「一寸木山《ちょっきやま》というのは、南半分が星というホスピスで、北半分は財団法人のいこい村ちょっきという宿泊施設になっているんですよ。100人以上泊まれるし、テニスコートや運動場、ゴルフのハーフコースもあります。安いんで郵便局の研修ではよく使ってますよ。私も何度か行きましたよ。それで、黒木の玄ちゃんの話だけど、玄ちゃんの本家が農家だから、あのいこい村の近くにみかん畑を持ってるんだ。それで言ったんじゃないですか」

「それじゃ、一寸木山に行けば、十郎に会えるかも知れないですね」

「うーん。本家のみかん畑を手伝っていて、十郎に会ったのかねえ」

「よし、行きましょう」

修平、はやいよ。

やる気のないちょび寅駐在を拝み倒して、富田と3人で、一寸木山のホスピスに行きましたよ。

「捜査のため」という名目で、入れてもらったけど、ホスピスの職員に挨拶しただけで、あのちょび寅、帰っちゃったよ。オイ。

ジジイ2人で、山のぼりだよ。「30分以上歩いたら川にあたって、これは『一寸木川』って言うらしいよ」と富田が言いました。

急な川で、谷川になっている。渡れないよ。吊り橋があるけど、これがこわれていた。古いよ。橋の先、川の先、何か昔はあったんだろうね。この川、千歳川の支流だよ。

谷の深い川をのぞくと、驚《おどろ》いたよ。人の首が、木に引っかかっていたんだよ。

修平、富田にも見せた。

間違いなく人の首。白骨化していたよ。

この事は秘密に、修平は富田に口止めしたよ。警察には連絡しなかった。その代わりに、木村正博には詳しく知らせましたよ。

そうしたら、警備会社ＣＱから警備員が来て、修平にスマホを渡しましたよ。

木村の命令です。ＣＱ専用のスマホだ。

修平、とうとうスマートフォンを持つことになりましたよ。老人用かね。どうかね。

すぐ電話がありました。いや固定電話。

黒木からです。

居酒屋ひばりに呼び出しです。

「映ってたよ、前川さん。まず前川さんがトイレに入って、出た。次に曽根多鶴子さんが女の方に入った。続いて大島がゴルフのクラブを持って男の方へ入った。先に大島が出て、すぐ後を曽根さん。曽根さんは大島の後を歩いて行ったみたいなんだ。それで別のカメラのビデオを見たら、大島がクラブを元《もと》あった位置に戻した。そこで立ち止まって曽根さんと話して、別々にわかれた。わかるかい」

得意になって黒木、言いましたよ。

「わかりませんね。さっぱりです」

わかってるんですよ、修平。

「そうだべ。調べたんだ。その時見張っていた警備員に聞いたんだよ。大島のヤツ、クラブを持って行ったから、万引きだと思ってマークしたんだってよ。建物の外に出たら、捕まえようとしたら、トイレに行って、また戻しちゃっただろ。これじゃ万引きにならねえや。オレ考えたんだよ。曽根さんは大島の行動が変だと思って付いて行ったんじゃねえかと。何を大島としゃべったか分からねえけど。大島が土肥の郵便局員だったってことも、気付いていたと思うよ。どうだ」

「そうですね。私もそう思います。黒木さんはすごい人だね。しかし、これ、秘密にしてくださいよ。警察にもですよ。今しゃべると私のように、警察の留置場に入れられるかも知れないから。私にまかせてね」

「そうですか。秘密だね。警察行くの、やだよオレ」

「それから黒木さん。大島と小百合は、どこのラブホテルを使っているかね」

「そこまでは知らねえけど、いくらでもあるだろうが」

「いこい村はどうですか。使いそうですか」

「いこい村かあ。郵便局の者は、一度は行ってる所だから知ってるし。今は、使うかもな。仙石原だろう、ヤツの局は。それに小百合は湯本に家がある。箱根に近いから乳繰《ちちく》り合《あ》うのに、いい場所だぜ。あの野郎め」

修平、行動しましたよ。

大島はナカジマ電器のトイレで、修平の財布を拾った。曽根多鶴子に万引きを疑われ、郵便局員の身分も知られた。つながるか。

修平、ＣＱに頼んで警備車を用意してもらい、富田と、嫌がるちょび寅駐在を乗せて、いこい村に向かいましたよ。運転はＣＱの警備員ですよ。修平、もう年だから。

富田の指示で、宮の下郵便局に寄りました。この局長は、前に土肥局にもいた人で、富田の知り合いですよ。また、宮の下は集配特定局で、無集配の仙石原局も管轄している。郵便物の集荷で、毎日寄るんですよ。

意味わかるでしょう。

郵便物の結束に使う、輪ゴム。

宮の下局は、緑色でしたよ。

これで、曽根多鶴子の家に、大島啓一が、行った可能性が濃くなった。

次、いこい村ちょっき。

「署の方《ほう》に、バレたらどうします。わたしクビでしょう。そうしたらCQで警備員にしてくれますか。それでなきゃ、やですよ。ね」

ちょび寅、泣き、ですよ。

ひっぱたいてやりたいですよね。

いこい村、良い所ですよ。財団法人ね。

広くて静かで。経営も株式会社と違って、おっとりしていて。何か、抜けている感じがいいですよ。適度に繁盛していました。

ちょび寅を押し立てて、修平、行きましたよ。

「警察の者ですが。ちょっと、宿泊者名簿を見せてもらいたいんですが。捜査です、え」

修平が言いました。修平です、え。

支配人、見せてくれましたよ。

ありました。大島、本名で書いてありましたよ。1人の時と、2人の時、があります。

2人の時の、もう1人。大島洋子とありました。これ本妻の名前です。

ホントは、赤井小百合ですよね。だよね。

週に1度ぐらい来ています。

頻繁ですね。だから本名を書くしかなかったのか。駐車場も広くて、いこい村の利用者じゃなくても、車を置ける状態でしたよ。

引きあげました。箱根町を通るから、遠くて大変です。湯河原町から直接行ければ、近い所なんですよ。こまったものだ。

おっと、忘れてましたよ。一寸木山《ちょっきやま》を北から調べないで帰っちゃった。修平、富田の奥さんが言うように「もうろく」ですよ。

今度は、隣の豆腐屋の軽トラックを借りて、ひとりで修平、行きましたよ。

運転、心配ですよ。

暗くなった。

いこい村の駐車場に車を置く。誰もいません。人知れず駐車できる所ですよ。

一寸木山《ちょっきやま》の頂上まで30分ほどかかった。

一面みかん畑で、道などない。一般人や、知らない人の、来れる所ではなかった。

頂上の南側は、一帯にコンクリートの万年塀《まんねんべい》が続いていた。中はホスピスの敷地だ。

修平は、けつまずいて倒れた。

いわんこっちゃない、老人だもの。ねえ。

頻尿《ひんにょう》が出ましたよ。

我慢できずに修平、万年塀に向かって、かけた。なぜ目標が必要なんでしょうね。

そうしたら、あなた。草のかぶさった下に穴が出てきましたよ。尿のいきおいで、草がやられて、穴が見えたんですよ。人が入れる大きさで、塀の中に行けるんです。

尿に濡れても修平、行きましたよ。

塀の内側、薄《ススキ》でいっぱい。

暗くて、前が見えませんよ。

すると、犬の声。

吠えてます。多いんですよ。すぐ逃げました。修平、根性ないです、ハイ。

修平、家に帰って考えましたよ。

一寸木川の首のことは、富田に口止めしてある。ナカジマ電器での、大島のビデオの件は、黒木に口止めしてある。

富田は口が堅いとしても、黒木は話さずにはいられない性分だ。

信頼はできない。飲み助のことだ、3日もすれば、しゃべりかねない。

ここはヤマをかけるしかない。いこい村に泊まって、大島が来るのを待とう。

そう決めました。その計画は、木村にだけスマホで伝えておきましたよ。

懐中電灯を持ってね。マグライトの長いやつ。42センチあります。

警棒の代わりですよ。持って行きました。

修平、逮捕術中級です。これ、警察官として普通なんですよ。スイマセン。

気が気じゃない。えっ。いこい村の宿泊料じゃないですよ。修平、小心者でも、貧乏でも、10日分ぐらいは、払えますよね。払えますよ。失礼しました。

2日目に、大島、来ましたよ。

大男ですよ。ベンツで分かりました。

黒いベンツ、黒い服装。何か荷物を持っていました。ナンバーも調査済みだ。当たり。

修平、まずベンツのにおいを嗅《か》ぎましたよ。えっ。車のにおいじゃなく。死臭とかさ。

そっちの方ですよ。

感じませんでした。

年だから？　ジジイだから？

追いかけますよ。武器はマグライト。相手は、１９０センチ、90キロの大男。どう見ても、大島の勝ちですね。私は、ヒトダマはそう思います、マジで。―マジ（本気）―

大島は万年塀の下の穴を、くぐって行きました。修平の尿、付いたかね。付いたかね。

修平も続いた。

時間は夜11時を過ぎ、辺《あた》りは漆黒の闇《やみ》だ。大島は小さな懐中電灯を点けていたが、修平はマグライトを消している。すぐ近くを付けていたが、大島に気付く素振りはない。

また薄《ススキ》の中から、けたたましい犬の啼《な》き声がした。薄《ススキ》の先に建物が在った。

古い木造の建物で、斜面に建っていた。

細長く大きい。倉庫のようだ。

小さな鉄の扉《とびら》を開《あ》けて、大島が中に入った。様子を見て修平も入った。広い空間だ。

犬が一斉に吠えた。大島は修平に気付かず、棒で犬をひどく殴《なぐ》った。犬は悲鳴をあげて、建物内の斜面の下の方にかたまった。

修平は、大島の背後の角《すみ》に、うずくまって部屋の中をよく見た。

柱のない、倉庫の造りだ。

下は土で、一部に草が生えている。

中央に新しい綺麗な椅子が置いてあり、その近くに蠟燭《ろうそく》が何本も点《とも》っていた。

犬は雑種で5匹。長い鎖でつながれていた。白い犬が1匹、放し飼いになっていた。

蠟燭《ろうそく》。

すると、大島のほかに、誰かいるのか。

犬の側《そば》に、黒い大きな物がいた。

大島は、ランタン型の懐中電灯を点けると、椅子に座《すわ》って、腕に注射をしていた。

それが終わると、大島は椅子の近くにあった白い丸い物を持って叫んだ。

「おい、十郎。首だ。ころがすぞ。おどれ。ゴロ、ゴロ、ゴロ、ゴロ。さあやれ」

十郎？

十郎がいた。

犬の側《そば》の大きな物は、十郎だったのだ。

白い丸い物は、人の首、髑髏《どくろ》だ。

それを上から大島がころがす。

十郎が取って、大島の所へ運んだ。

「よし、よし。褒美《ほうび》をやるぞ。さあ食え」

大島は荷物の包みを開けた。

それは生肉の大きな塊《かたまり》だった。

その生肉の塊を、大島は犬の方に投げた。

犬が争って生肉にむしゃぶりつく。

その様《さま》を見て、十郎は「ううっ」と唸《うな》りながら犬の所に行って、生肉の塊を取り上げ、かじって握り拳大《こぶしだい》の小さな塊を作ると、大きい方を犬に投げた。

そして小さな塊を食べていた。

「それ、それ、それ」

大島は、白い、人の首を、いくつも上からころがしていた。

遊びなのだろう。首はいくつあるのか。

大島が、腕に注射したのは、覚醒剤なのか、麻薬なのか。

「大島、警察だ。お前を逮捕する」

修平が怒鳴った。

修平の正義感に火が点いてしまった。見てはいられなくなった。怒りが行動させた。

犬が、また激しく吠え立て、修平目《め》掛《が》けて走った。

マグライトで犬の眉間《みけん》を打つと、1匹が死んだ。他の犬に咬《か》み付かれた。足で蹴《け》る。

「誰だ。ジジイか。あっはははは。犬の餌《えさ》にしてやるぞ。あっはははは」

大島が立って、修平の前に来た。

「誰だ、お前は。オレを知ってるのか。生きて帰れないぞ」

「大島、お前だな。曽根多鶴子を殺したのは。ナカジマ電器で、ゴルフクラブを万引きしたのを、見られて、殺したのか。ビデオに映ってたぞ」

「なんだと。ジジイ、食らえ」

大島が横殴りに腕を振った。

修平はマグライトで避《よ》けようとしたらかなわず、3メートルほど、吹《ふ》っ飛んで、建物の壁近くにあった穴に落ちた。

深さ2メートルくらいの穴で、芥溜《ごみた》めに使っていたのか、中には人骨もあった。

修平はしたたか背中を打って、しばらく動けなくなった。

犬は鎖が届かず、穴の中には入れない。

「ジジイ、生きてるか。何を知ってるんだ。言ってみろ」

大島が不安そうな顔をして、穴を覗《のぞ》いた。

「何でも知ってるぞ。お前の郵便局の悪事も。今やった注射は覚醒剤か。仙石原郵便局長大島啓一。警察は知ってるぞ、観念しろ」

修平も必死だった。この時修平は、スマホの専用CQキーを押した。非常通報が、警備会社CQの通信指令室に流れる筈だ。

「それだけか、知ってるのは。えーっ。オレがやらなくたって、犬がお前を食いたがる。ここの犬には、生肉しか与えてないんだ。食い慣《な》れてるんだ。人の肉は、上等だからな」

大島は犬を、けしかける気か。

「十郎、聞こえるか。前川だ、前川だよ。助けてくれ。十郎、助けてくれ。犬を逃がせ。犬を逃がしてくれ。十郎分かったか。助けてくれ」

修平は叫んだ。

十郎は、一際《ひときわ》白く磨かれたような髑髏《どくろ》を一つ持って撫《な》でていたが、前川が「十郎」と言うと、体を「ビクッ」と動かした。

十郎は犬の鎖を次々と放《はな》した。

それを見た大島が怒鳴った。

「何をする、十郎。放すんじゃない」

犬たちは尻尾を丸めて、放し飼いになっていた白い犬の所に集まった。

白い犬は牝《めす》で、他の犬の母犬のようだ。

その犬だけが歯を剝《む》き出して、大島を睨《にら》み、唸《うな》っていた。

犬の後ろで十郎が髑髏を抱えて横を向き、大島と目を合わせないようにしていた。

「この野郎め。さあ、ジジイを食い殺せ。それ、咬み殺せ」

犬たちは怯《おび》えて啼《な》き出した。白い犬だけが威勢よく、大島に向かって吠え立てた。

十郎はずるずると歩き出し、そして早歩きになって扉を開け、逃げて行った。

犬たちも、そろって十郎の後を追った。

「ああ、行くな。この野郎」

大島は叫んだ。

修平の手にマグライトはなかった。

穴に落ちた時、離したか。

修平は穴をよじ登った。

それを見て大島が来た。

「お前だけは逃がさんぞ。殺してやる」

大島が、不気味に低い声で、唸《うな》るように言った。

修平は言葉を出す余裕もなかった。

大島が、羆《ひぐま》のように両腕を広げて、修平に迫った。斜めになった場所の、上の方から、下にいる修平を襲った。

修平は咄嗟《とっさ》に、大島の右手首を左手で握ると、右腕を大島の胸にあてがうようにして、腰を捻《ひね》って投げ飛ばした。背負い投げだ。

大島は勢いよく一回転して、倉庫の硬《かた》い地面に叩《たた》き付けられた。動けない。

背負い投げは、柔道で最も強烈な技《わざ》だ。体の大きな者ほど、投げられる衝撃は大きい。ましてや斜めの地盤からの投げは力が増す。

大島が動けないのを確認して、修平はスマホで話した。CQの通信指令室だ。

「木村、木村副社長につないでくれ」

木村はすぐ出た。待機していたのだ。

用意周到に、警察にも通報してくれた。

スマホにはGPS機能（全地球測位システム）が付いている。修平にスマホを持たせて、動向を、警備会社CQでモニター（monitor：監視）していたのだ。

CQの警備員は10分ほどで来たが、警察の方は、湯河原のホスピス、つまり一寸木山《ちょっきやま》の南側から来たために1時間近くかかった。

一寸木川の渡河《とか》に難行したらしい。

髑髏は六つあった。他に人骨が多数ある。これからの捜査も大変だろう。

大島啓一は、あのまま動けず、2日後に胸の動脈瘤破裂を起こして死んだ。

覚醒剤中毒が原因の一つに考えられた。

赤井小百合も覚醒剤の使用で逮捕された。


これで終わりですか。

いえいえ。

これから何日かして、また千歳川で首が出たんですよ。

修平と富田が一寸木川で見た髑髏ですかね。それとも十郎が大切そうに持っていた首ですかね。

わかりませんよ。

修平はね、十郎のこと、警察に言わなかったんですよ。

なぜでしょうね。
この事件、解決したんでしょうか。
してませんよね。大島は秘密を背負って、死んじゃったんですからね。
いいでしょ。背負い投げで、背負って。
スイマセン、ふざけてました。

ではクイズですよ。

はじめの方に、１９９０ＢＰ、と書いてあります。
この意味や、いかに。
わかります？
これ、炭素年代を指すんですよ。
炭素年代は１９５０年が基準点です。
ＢＰは、Before Present、現在以前という意味ですよ。

1950−1990 = −40

この計算で、紀元前40年。

つまり紀元前40年に、ヒトダマロボットである私が、地球に来た、ということなんですよ。だいたい。

おもしろいでしょう。だいたい。

そうでもないの？

句の旅人・浜松K太

あなたの
信じてくれた
言葉に
一生を
かけよう

里山に
桃の花
次は桜と
そよ風が云う

## 2000年　初夏　神奈川県

無聊《ぶりょう》の日、なぐさめに横須賀に向かった。

横須賀線に乗って、東逗子《ひがしずし》駅で降り、神武寺《じんむじ》から鷹取山《たかとりやま》を通って追浜《おっぱま》に行く。このハイキングコースは1時間もかからないので、若い時、逆コースでよく歩いたものだ。

海抜139メートルの鷹取山《たかとりやま》はロッククライミングの練習場として今日《こんにち》も知られているが、私が歩いた当時は、大きな磨崖仏《まがいぶつ》がいくつかあって、厳粛《げんしゅく》な雰囲気に満ちていた。

その山の仏たちは、開発の名のもと全て破壊され、分譲住宅地のため姿を消した。

道に迷いながら京浜《けいひん》急行本線追浜《おっぱま》駅に着いた。私は21歳の頃、追浜にあった職業訓練校で、1年間、無線通信士になるための勉強をしていた。そういうなつかしい町なのだ。

足跡をたどるように歩いて、野島《のじま》に向かった。追浜の近くに野島はあるが、ここは横浜市金沢区になる。

また野島は金沢八景の中で歌川広重によって「野島夕照《のじまのせきしょう》」として描かれている名所だ。

その夕照橋《ゆうしょうばし》から野島に渡る。

30年前。22歳の私は、無線通信士になることもやめ、職業訓練校の無線通信科を修了しても、児童相談所の非常勤警備員をして、横須賀に残っていた。

4月のはじめ、春の気分に誘われ野島に来た。その時もこのように橋を渡ったのだ。9時を過ぎたころだったろうか、晴れて暖かい日だった。人の見えない野島町《のじまちょう》を、ひとり歩いていると、パチパチ、パチパチ、という賑やかな音が聞こえてきた。でも、どこから音がするのか分からない。何の音だろう。パチパチ、パチパチ、という音は、静かな野島の町中に響くほどだった。

私は民俗学者のように観察鋭《するど》く、たちまちに音の因《もと》を発見してしまった。エライ。野島では、家の前に葦簀《よしず》を立てかけてある所が多かった。その葦簀《よしず》から、パチパチ、という音がする。コレダ。

葦簀をよく見ると、裏に海苔《のり》が貼《は》ってあった。成程《なるほど》、太陽の熱で、海苔《のり》が乾燥して、パチパチ、という音を立てるのだ。解決。

そういう能天気な私なら苦労はしない。科学的思考力のある私は、いくつか疑問を持った。何故葦簀の裏側に海苔を干したのか。海苔は一般に冬の産物だ。4月の上旬でいいのか。本当に海苔は乾燥する時、音を立てるのか。

聞きたくても道に人はなく、家の中までたずねられない小心者の私は、そのまま遣《や》り過ごして、30年が経ってしまった。

そしてテレビで見たのだ。

千葉県の富津《ふっつ》市でありながら、江戸前のアサクサノリを出荷する様子だった。正に葦簀に貼られた海苔が、天日乾燥されて、パチパチ、と音を立てているのを、漁師は「海苔《のり》が鳴《な》く」と言った。これだ。

私の観察眼は正しかった。裏干しだ、季節が4月の証明だ、など問題ではない。やっぱり海苔が鳴いてたんだな、パチパチと。

そういう嬉しい気分でやって来た。

野島町《のじまちょう》を南に行って、野島公園から野島山《のじまやま》に登った。山といっても野島山は、海抜57メートルの小山だ。

30年ぶりの野島山は、何とも木が多くなっていた。頂上に行くと、鬱蒼《うっそう》と生い茂った森の中に、ぽっかりと空《あ》いた所があり、そこに芝生と展望台があった。

傷んでいた、荒れていた。唖然《あぜん》とした、というのが実感だった。人っ子ひとりいない。31年前、無線通信科の最初の授業が、訓練校から約1キロ離れた、野島山への社会見学だった。

全国から来た訓練生の交流と息抜きを、先生は考えたのだろう。

しかし私は、あまりに殺風景な野島山に驚《おどろ》いたものだ。

山の上の方は何もなかった。ほとんどが小石と砂を敷いただけの裸の山だった。

一部に芝があり、花も咲いている。展望台もあるが、目立つのは石と砂だった。

そんなのっぺら坊の野島山は、不思議と人が絶えなかった。

隅のベンチには、老人や幼子《おさなご》が座《すわ》り、展望台の近くでは恋人たちがいたりと、老いも若きも、57メートルの野島山に登っていたものだった。

特別景色がいいわけでもないが、何もなく見渡せる開放感と、この高さが気持ちよかったのだろう。

それがどうだ、この変わりようは。物騒な感じさえする。

私は早々に、北の広い道から山を下りた。遂《つい》に、人にあうことはなかった。

わた菓子
のような
雲を見て
幸せ

思い出す。

1969年

無線通信科の教室での授業は、自己紹介からはじまった。
その中で、特異な人物がいた。
静岡県出身の浜松K太といった。
彼は、いきなり、自分は風太郎《プータロー》をしていた、と言ったのだ。
これは通信科の中でも驚きの経歴だった。

風太郎というのは、横浜の桜木町駅付近に屯《たむろ》した日雇《ひやと》い労働者のことをいう。彼らは手配師《てはいし》という、公共の職業安定所を通さない斡旋者を介して、港湾の沖仲仕《おきなかし》など、日雇いの仕事をする。

定職もなく、風のごとく集まり散ったので、風太郎といわれたのだ。

164センチ、54キロ、と小柄で、剛毛の頭髪がヤマアラシのように逆立っていたが、髭《ひげ》はいつも奇麗に剃《そ》っていて、平凡で目立たない風貌《ふうぼう》だった。

定時制の高校生だったので、生活のために風太郎をしたそうだ。

風太郎は金になるから、週に1日か2日働けば十分で、あとは勉強したという。

現在4年生で、来年には無線通信科と同時に、高校も卒業することになる。

風太郎は、もうやめて、生活費は牛乳配達をして稼いでいる。

後に語ったことによると、夜は12時まで勉強して就寝し、朝6時に起床して、牛乳配達、下宿に帰って朝食を摂《と》り、追浜の訓練校で昼間は無線通信の勉強をする。それが終わると下宿に帰って夕食、そして夜は高校に行く、帰って勉強。これがK太の一日だった。

K太は4月生まれだったが、所謂《いわゆる》学年は私と同学年になる。順調に進学していたら、私たちは大学4年生なのだ。

私は3月生まれなので、同学年でも、K太は約1歳、私より年上だ。

しかし私はシビアな男なので、同い年としてK太に接してやったことは言うまでもない。

私を含めて、半数以上の者が、訓練校の寮に入っていたが、一部の者は、実家や下宿先から通っていた。

そうだ、このころはアパートより下宿の方が一般的だった。

下宿は障子や襖で仕切られただけの一間《ひとま》で、便所は共同、多くは風呂がなく銭湯に行かなければならない。しかし朝晩食事が付く。

これでも寮より下宿の方が恵まれていたのだ。

また寮生は仲間意識が強くなり勝ちなのに比べて、通学生は孤立傾向が見られた。

K太は話好きなようで、休み時間などでは誰とでも気軽に話していたが、常に同じ接し方で、距離を置いている感じがした。

4月の下旬だったか、K太が私に近付いて来た。

「紅谷《べにや》君、きみ司馬遼太郎の『竜馬がゆく』を読んでいるんだって?」

と聞いてきた。

「うん、図書室で借りてね」

「どこまで読んだの」

「もう今日中には読み終わるよ」

「それじゃ、竜馬が18歳の時作った歌は覚えてる？」

「ああ。あまり現代的な短歌だったからメモしておいたんだ。記憶しているくらいだよ」

「あれ、本物じゃないって知ってる？」

「いや、知らない」

「司馬遼太郎の『竜馬がゆく』では、

世の中の　人は何とも　云はばいへ
わがなすことは　われのみぞ知る

（「風雲篇」２２８頁より）

とあるだろ。

でも坂本龍馬の原文は、

世の人は　われをなにとも　ゆわばいへ
わがなすことは　われのみぞしる

違うだろ」

「知らなかったな。なぜだ」

「司馬遼太郎が作ってしまったんだな。説明がないから分からないんだ」

「作っちゃいけないな」

「そうだろ。紅谷《べにや》君は、短歌が好きなの？」

「特に好きでもないけど、いくつか作ってあるよ。そんな程度だな」

「そう。じゃあ、ボクの家に、今度来ないか。見せたい物があるから」

「いいよ」

「じゃ、土曜日はどう?」

「いいよ。土曜日はいつも実家《うち》に帰るから、都合はいいね」

ということになった。

土曜日の午後、授業が終わると、私はK太と一緒に、K太の下宿に向かった。

K太の下宿は横浜市の磯子区にある。電車とバスを乗り継いで行ったが、その間、K太は風太郎になるまでの履歴を語ってくれた。それは風太郎の経歴以上に衝撃的だった。

K太は両親と8人きょうだいの平凡な家庭に育ったという。

それが小学校低学年のうちに不登校になった。学校が嫌《いや》になったらしい。

K太は8人きょうだいの真ん中ぐらいで、男も女もいて、K太以外は学業成績は良かったという。

昼間から映画館に行ったりして、いつもひとりでいた。

そして中学を卒業する時には、英語のアルファベットも書けず、足し算引き算も碌《ろく》にできなかったようだ。

中学を卒業すると世間体《せけんてい》もあって家には居《い》られず、家出のようにして東京に行った。

あてもなく、山手線《やまのてせん》に乗って、何周もしながら考えた。

乗客が捨てていった新聞の求人欄から、住み込みで働ける電気工事会社を見付けて、電話で連絡すると、その日のうちに採用された。

これが幸運だった。

電気工事会社の先輩たちは、仕事が終わった後も、夜遅くまで勉強していた。電気工事士の国家資格を取るための勉強だ。

自然、K太も勉強するようになった。先輩は親切で、一から教えてくれたらしい。しかし勉強するほど基礎の必要性を感じて、学校に行かなければいけないと思うようになった。

そして仕事先の伝《つて》から、横浜のポンコツ屋に転職した。

なつかしい言葉になってしまった。

ポンコツ屋とは、廃品回収業者が、自動車の解体業を中心に発展したもので、基本的に金になれば何でもやる。

K太は電気工事をして、自動車の電気の配線なども直せたのでトレード（trade：移籍させる、取引する）されたと言っていた。

「なぜ横浜？　東京の方がいいだろう」

と聞くと、

「東京はひとが多過ぎる。横浜の方が暮らしやすいからね。のんびりできるし」

そう答えた。

東京の電気工事会社と横浜のポンコツ屋で3年間を過ごして、4年目に定時制高校に入学した。

この機会にポンコツ屋を辞《や》めたが、その時は、ポンコツ屋の主人に「共同経営にしてもいいから辞めないでくれ」と言われたらしい。K太の人柄が分かるエピソードだ。

そして風太郎《ふうたろう》をやるのだ。

K太は〝プータロー〟とはいわずに〝ふうたろう〟といった。念のため。

なんの不自由もなかったけれど、世間の信用も必要だと思って、風太郎は1年ほどでやめ、新聞配達になった。

しかし、新聞配達は朝刊と夕刊で、日に2回配達しなければならないので、勉強が苦しい。それで牛乳配達に変わった。

牛乳配達なら、朝だけで済《す》むので続いていると語った。

K太には脱帽するしかない。アッパレ。

下宿は国道16号から、わずか十数メートル離れただけの所にあった。

普通の民家で、K太が「ただいま」と帰ると、70代の人の良さそうな婦人が出て来た。

この当時、玄関に鍵は掛けない。時代だね。

私も挨拶して家に入った。

下宿屋といっても、夫に先立たれて、生活の糧《かて》に下宿を始めたもので、家はそのまま使っていた。

K太の部屋は1階の8畳間と広かった。何部屋あるかは聞かなかったが、現在下宿人は3名で、この3名が出次第《でしだい》下宿屋を辞めて、娘の嫁《とつ》ぎ先の家に行って、隠居するという。

元気なオバちゃんで、すぐお茶を淹《い》れ、K太の部屋に持って来てくれた。

オバアちゃんとは言わない。張りたおされそうだから。

部屋には大きな座卓があった。これはK太の持ち物ではなく、大家さんの物だろう。

座卓の上には、基盤に部品が剝き出しのラジオと、作り掛けのテレビがあった。畳の隅《すみ》には、本やノートなどが積んであり、半田付《はんだづ》けと電気の修理道具、そしてモールス通信を練習するための縦振り電鍵、テープレコーダーほかが置かれていた。

「このテレビは大家さんの親戚から欲しいってたのまれて作ってるんだ。儲《もう》けないよ。部品代はもらうけど」

「テレビも作れるのか」

私は素直に驚嘆した。

「これで8台目だよ」

「ラジオは何台作ったの」

これは重要なことで、ラジオを何台組み立てたかということで、弱電の知識と能力技術が分かるのだ。

「数えきれないな。アルバイトでラジオを作ってたことがあるからね。1日に5台ぐらい組み立てたかな。1000台以上は作ってると思うけど」

私は1台とて作ったことはなかった。恥じ入るばかりだ。

本題。

「和歌のことは、どうもよく分からない。きみはどう？」

「えっ」

「芭蕉の俳句っていうけど、あれは俳諧の発句《ほっく》だろ。俳諧として、何人かで、句を作って遊ぶ、テーマの句なんだ。繋《つな》がりがあるんだけど、その説明を書いてある本を見たことないよ」

「んん、そう」

「これは、和歌というか、句というか。和歌の流れをボクが調べた物だけど、参考にしてほしいと思ったんだ。きみならボクより分かると思うからね」

「オレがか」

「句という文学は、日本で最初に生まれた、独自のものだよ。文字にするというよりも、人が集まって、声に出して詠《よ》み合った筈なんだ。その時何人集まったのか、句遊びは何人でやるものなのか、書いてないんだ。書いてある本がない。あとはきみが調べてくれ」

「オレがか？」

「和歌は数人、連歌俳諧は数人から多くて十数人じゃないかと思ってるんだ。和歌は天皇周辺、連歌は公家、俳諧は庶民、と大衆化していったんだ」

「むずかしいね」

「江戸時代の後期になると、本をとおして読む遊び方が生まれて、狂歌や川柳《せんりゅう》のような自由な句になったのに、明治になって正岡子規《まさおかしき》が季節の制約を付けた俳句を作る反動があったけど、すぐ自由律のように、音数さえ制約のない句に発展したんだよ」

「へえ」

「質問はないのか」

「れんかと俳諧《はいかい》は、どう違うの」

「待ってました。れんがと俳諧だよ。連歌《れんが》は16世紀に、一部の戦国大名までやるようになったけど、江戸時代の初期、京都で松永貞徳《まつながていとく》が庶民に、俳諧の連歌を教えたんだ。これが俳諧のはじまりだよ。俳諧はユーモアって意味で、ベースにユーモアのある連歌ってことだ。だから連歌と俳諧は同じ物だよ。連歌が大衆化して俳諧になったんだ」

「それで、やり方は」

「短歌の、575を長句、77を短句、と二つに分け、点者《てんじゃ》が最初にテーマの発句《ほっく》を作る。句会の参加者が順に詠《よ》んでいって、36句とか、100句でまとめ、最後に点者が評価した。と思うよ」

「俳諧はユーモアだったのか」

「俳句を作った正岡子規が、友達の夏目漱石《なつめそうせき》に俳句を教え、漱石はイギリスに留学して、本場のユーモア（humour）を勉強、傑作の小説『坊っちゃん』を書いたんだよ」

「そうだよな。日本の伝統にユーモア精神があったんだなあ。イギリスも同じか」

「紅谷《べにや》君は与謝蕪村《よさぶそん》は知ってる？」

「ああ、学校で習《なら》ったぐらいだな」

「　春の海　ひねもすのたり　のたりかな」

「それ知ってる。蕪村だよな」

「蕪村はコンテンポラリー（現代的）だよ。18世紀の人だけど、作品を見ると200年前の人とは思えないよ」

「松尾芭蕉《まつおばしょう》と関係があったっけ」

「あっ、そのこと。ボクおもしろいこと考えたんだ。蕪村は芭蕉が死んで22年後に生まれてるんだ」

「そんな近かったのか」

「うん。芭蕉を尊敬してたんだ。名前を比べるとね。芭蕉の蕉と、蕪村の蕪は、似てるだろう。蕉の草冠（艹）と火偏の連火《れんが》（灬）を取ると隹《ふるとり》になるね。これを横倒しにすると無で、蕪村になるんじゃないか、と考えたんだ。どう」

「強引だけど、いいね。蕪村も、そう考えたと思うよ。かなわないな」

「なに？」

「勉強してるなってことだよ。浜松は道楽とか趣味はないのか」

「この部屋見て言ってるのかい。道楽は紅谷君が吸わないタバコかな」

「確かに訓練校では授業の休み時間によく吸ってたけど、ここには灰皿が見えないね」

「ああ、大家さんが奇麗好きだから、家では吸わないんだ」

「それじゃ、道楽じゃないだろう」

「気分転換にいいよ。そうだ。前、クラシック音楽に凝ってね。レコードプレーヤーも作ったよ。ステレオ（立体的音響方式）だよ。ＬＰレコード（long playing record）を３００枚以上持ってたけど、飽きたんで、全部２階の下宿の先輩にあげちゃったんだ。見る？持って来ようか」

「いいよ、わかった。オレ帰る」

このようにして引き上げたが、他にもいろいろなことを話した。

おもしろいと思ったのは、Ｋ太は靴を一足しか持たないことだった。

合成皮革の所謂革靴に似たクラリーノを履いていた。

牛乳配達をするのも、通学、どこへ行くにも、雨の時でもクラリーノ一足だ。

服装も生活も簡素が基本。シンプルライフ（simple life）で、明治の軍人のような奴だ。

性格はボヘミアンだけど。

月曜日になると、通信科の教室で私を見つけ、Ｋ太が鬼のような顔をしてやって来た。

「紅谷君、きみが話の途中で帰っちゃったから、肝心なことを、言うの忘れちゃったよ」

「結構話したと思ったけどな」

「5月4日の日曜日の夕方、イベントがあるんだ。付き合わないか」

「いいよ、行こう」

私は人間が出来ているので、こんなことで口をとがらす男じゃない。大様《おおよう》にかわしてやりました。

「場所は野島だ。夕方、寮に、迎えに行く。そうだ、宿題を出しておこう。蕪村の句を、ボクが訳したものだ。言うよ。

悩みつつ　岡《おか》にのぼれば　バラの花」

機嫌悪く、K太は、ぷいと行ってしまった。

そして当日、午後5時40分ころ、K太は70 ccのスーパーカブに乗って来た。カブは下宿の先輩に借りたという。

私はバイクの後ろの荷台に乗って、2人で野島に向かった。

K太は野島公園にバイクを置いて、南の道から野島山にのぼった。

「分かったよ、蕪村の句。あの本《もと》の句。

愁《うれ》ひつつ　岡にのぼれば　花いばら

これだろう。この道は階段も急だし、のぼった感じが、いかにも岡《おか》だよな。でも、野島でイベントって、何もないらしいぞ。あっ、寮の漁師が言ってたぞ。今日は大潮だって。それ関係あるかな。寮の漁師が、ほれあいつ」

「その句にボクは感動したんだよ。現代人が作ったように新しいと思って、蕪村が好きになったんだ。蕪村は一生、芸術家として過ごした。江戸時代にだよ。それも成功してるんだ。結婚もして、子も出来たし、役者に肩入れしたり、晩年になっても花街で浮き名を流す。金に不自由した様子もない。その蕪村が、愁ひつつ」

「岡にのぼったんだろ」

「茨城《いばらき》の結城《ゆうき》で居候《いそうろう》をしていた時の句じゃないかと想像したんだ。働きもないんだから、心細いよね。蕪村も悩んでたんだな」

「ほら頂上だ。バラはないけど、チューリップが咲いてるよ。岡にのぼればチューリップ」

「紅谷君、後ろを見なよ」

南面すると、左に、

「あっ、だいだい色の、丸い、あれは」

「月だよ」

「奇麗だな。初めて見たよ」

「ほら、右には太陽が、まだ」

「これが」

「　菜の花や　月は東に　日は西に

蕪村は、この情景を見て、句を作ったんだ」

気が付くと、十数人の人が、私たちの近くに来て、空を見ていた。

まだ明るさを残した空に、だいだい色の月と、西に傾いた太陽が、一緒に見えた。

Ｋ太が言う。

「ボクはオートバイでよく旅をしてね。本州は青森から山口まで隈《くま》なく行ったよ。パンクの修理道具と寝袋を積んで、なるべく田舎道を行くんだ。人の全くいない山道で、この月と太陽を見ると感激する。時を忘れるよ」

「パンクも直せるのか」

「ポンコツ屋では、自転車から自動車まで、パンク修理するから」

「何でもできるんだな浜松は」

「そうだ。紅谷君の作った句を一韻《いちいん》おしえてくれよ」

「一句じゃないのか？　よし、

ゆく里に　あの娘《こ》は住めり　我を待ち」

「意味は」

「説明か。若侍《わかざむらい》が都《みやこ》から帰省して来る所なんだ。春の暖かい日で、木や草に花が咲き、小鳥がさえずっている。この坂道を越えると、その先はふる里で、かわいい娘《むすめ》が待っているんだ。そういう句だよ」

「いいね。リアルなの」

「いや、空想だよ」

「ボクは辞世の句を作ってあるんだ。

動物は　独り静かに　死んでゆく
そのようにまた　自分も死のう

これは猿を想像するんだ。猿は死期が近付くと、群れから離れて、独りになって、静かに死んでゆくんだ。群れに迷惑もかけない。理想だね」

「すわろうか」

午後6時31分には日も没して、月は白く輝いて、昼のように野島山を照らしていた。

とうに7時を過ぎて、人も少なくなったので、私たちはベンチに腰掛けた。

「思うに、蕪村の詠《よ》んだ光景は、4月の満月だろ。菜の花が咲いてるんだから」

「勉強したね」

「なな！　漁師が言ってたよ。菜の花は桜が咲く頃だって。寮の漁師がたまたま、あいつが」

「きみは、どうするの、来年は」

「オレ？」

「他の者たちのように漁船に乗るのかい」

「漁船なあ」

「ボクは、乗らないよ」

「どうするの」

「来年、訓練校を出る時には、順調にいって無線通信士の3級が取れるとするだろう。船には、すぐ乗らないんだ。1級を取ってから乗ろうと思ってるんだ」

「その間は？　牛乳配達でか？」

「いや、郵便配達になろうと思ってるんだ」

「郵便配達」

「郵便局だよ。公務員だからね。信用もつくし、今より楽だよ。調べてあるんだ。新聞配達していたころ、いろいろな人と知り合ってね。あの下宿も、新聞配達の時、見つけたんだ。郵便局員とも知り合いになって、詳しく聞いたよ」

「そう。すごいな」

「なにが？」

「計画がすごいよ」

「普通だよ。７月には採用試験を受けなくちゃならないんだ」

「来年のことだろう」

「そうだけど、試験は早いんだよ」

「知らなかった」

「３年、郵便配達をやって、その間に１級を取ろうと思ってるんだ」

「浜松ならできるよ」

「そうかな」

「きっとできる」

「紅谷君は漁船に乗らない方がいいよ。合わないよ」

「そうかな」

「ボクは貨物船か商船に乗りたいんだ。一韻詠もうか。

夜の海　船から飛び込む　ひとがいる

これはタンカー（油槽船）のような大きな船で航海してると想像するんだ。デッキに出て、風にあたっていると、ふと夜の海に向かって、身を出すんだよ」

見上げてごらん
月光の
航海

## 1975年

K太は計画通り、1970年3月、定時制高校を卒業し、同時に、追浜専修職業訓練校無線通信科を修了、3級の無線通信士も取得した。

また公言通り、郵便局員になって、無線通信士1級を取得すると、郵便局は3年で退職し、念願の、商船の無線通信士となった。

気が向くと、年に1度か2度手紙が来て、近況を知らせてくれたが、この年、1975年の年賀状を最後に、連絡は来なくなった。

ナイフのような
言葉より
飴ん棒のような
言葉がいい

泡雪《あわゆき》のような
ケーキを
透明な
ガラスの箸で
食べたい

花を見て
歩こう
モーツァルトと
一緒に

TTS新書

# 短編　ワシじじい

2016年 6 月23日　初版発行

著　者　倉 知　　健
発行者　中 田 典 昭
発行所　東京図書出版
発売元　株式会社 リフレ出版
〒113-0021　東京都文京区本駒込 3-10-4
電話 (03)3823-9171　FAX 0120-41-8080
印　刷　株式会社 ブレイン


ISBN978-4-86223-968-6 C0293
Printed in Japan 2016
落丁・乱丁はお取替えいたします。

ご意見、ご感想をお寄せ下さい。

［宛先］〒113-0021　東京都文京区本駒込 3-10-4
東京図書出版